アリスのことば学
不思議の国のプリズム

目 次

『不思議の国のアリス』巻頭詩 ………………………………… 6
プロローグ ……………………………………………………… 9

第1章　地下の国へ …………………………………………… 17
第2章　4×5＝12?!　数字のマジック …………………… 31
第3章　ネズミの尾の上話　ねじれていく話 …………… 45
第4章　ぶっ飛ビル　ドタバタのメタ世界 ……………… 57
第5章　おまえは誰じゃ?/おまえは大蛇！　かみあわない話 … 71
第6章　トンでもない豚児　変身話 ……………………… 83
第7章　おかしな茶会　ないのにあるとすます ………… 99
第8章　白を赤に　問答無用 ……………………………… 119
第9章　ニセ海亀の学校　しゃれ満艦飾 ………………… 131
第10章　イセ海老のダンス　パロディ詩 ………………… 151
第11章　ミセ掛けの裁判　ねばならぬなら、ねばならぬ … 165
第12章　夢からさめて ……………………………………… 175

エピローグ ……………………………………………………… 191

あとがき ………………………………………………………… 204
使用テキスト …………………………………………………… 206
参考文献 ………………………………………………………… 206

🪰 コラム　虫の目
- ① 自分の足にプレゼント …………… 34
- ② かけ算でチェック　4×5＝12?! …… 36
- ③ 私は誰？ ………………………… 38
- ④ itが指すもの …………………… 49
- ⑤ 少女は大蛇か …………………… 80
- ⑥ 豚児の変身 ……………………… 92
- ⑦ ネコはイヌか …………………… 96
- ⑧ ネコつかぬニヤ ………………… 98
- ⑨ meaningとsaying ……………… 104
- ⑩ トリックのレトリック ………… 124
- ⑪ もっとわかりやすく言えば …… 136
- ⑫ 選びようのない選言 …………… 143
- ⑬ ニセ海亀誕生 …………………… 144
- ⑭ グリフォンのことば …………… 145
- ⑮ 海の学校の教科 ………………… 149
- ⑯ 所有のずれ ……………………… 168
- ⑰ 何を指すのか？ ………………… 180

🐦 コラム　鳥の目
- ① 筒型望遠鏡 ……………………… 25
- ② 不思議語 ………………………… 26
- ③ キャロル登場 …………………… 28
- ④ 登場人物の表記 ………………… 44
- ⑤ downの落とし所 ……………… 62
- ⑥ メタ言語の世界 ………………… 66
- ⑦ ノックの意味 …………………… 86
- ⑧ 時間／時漢潰し ………………… 108
- ⑨ お代り …………………………… 113
- ⑩ ないのにあると ………………… 116
- ⑪ 「らしくあれ」 ………………… 140
- ⑫ 全部間違えたら ………………… 160
- ⑬ 「ミセ掛けの裁判」裁判 ……… 184
- ⑭ アリスの伸び縮み ……………… 186

🐟 コラム　魚の目
- ① 『不思議』のテキスト ………… 14
- ② 尾の上話─5番目の曲がり目 …… 54
- ③ ティ ……………………………… 118
- ④ ナンセンスとノンセンス ……… 188

『不思議の国のアリス』巻頭詩

All in the golden afternoon
  Full leisurely we glide;
For both our oars, with little skill,
  By little arms are plied,
While little hands make vain pretence
  Our wanderings to guide.

Ah, cruel Three! In such an hour,
  Beneath such dreamy weather,
To beg a tale of breath too weak
  To stir the tiniest feather!
Yet what can one poor voice avail
  Against three tongues together?

Imperious Prima flashes forth
  Her edict 'to begin it':
In gentler tones Secunda hopes
  'There will be nonsense in it!'
While Tertia interrupts the tale
  Not *more* than once a minute.

Anon, to sudden silence won,
  In fancy they pursue
The dream-child moving through a land
  Of wonders wild and new,
In friendly chat with bird or beast—
  And half believe it true.

黄金（こがね）輝く昼下がり
  川面を滑るゆるゆると
櫂をとる手のつたなくも
  小さき腕（かいな）漕ぎいずる
おぼつかなくて甲斐もなく
  滑りゆくゆくあてもなく

なんと無碍なる三人よ
  夢見心地のこの時に
話をせよとせがむとは
  羽も揺るがぬこの我の
か細き声は抗えず
  声揃えたる三人に

長女が言うにえらそうに
  「始めよ」と命を出す
次女が言うにはやさしげに
  「おかしいのを」と願い出す
三女はしきりに口を出す
  一分たりとも待ちきれず

不意に静かになる子らは
  夢物語入り込む
不思議の国をさまよえる
  目を見張りたる夢の子が
鳥やけものと打ち解けて
  語り合うのも夢うつつ

And ever, as the story drained	話の泉枯れゆきて
The wells of fancy dry,	夢物語とぎれゆく
And faintly strove that weary one	弱々しくも声絞り
To put the subject by,	話終えんと言い出せる
'The rest next time—' 'It *is* next time!'	「続きは次」に「今が次」
The happy voices cry.	夢中になって声あげる
Thus grew the tale of Wonderland:	不思議の国のお話は
Thus slowly, one by one,	紡ぎ出されるひとつずつ
Its quaint events were hammered out—	おかしな話出し尽くし
And now the tale is done,	とうとう語り終わりたり
And home we steer, a merry crew,	我ら一行楽しげに
Beneath the setting sun.	家路をたどる夕陽あび
Alice! A childish story take,	アリス！このわらべ話を
And, with a gentle hand,	優しき手もて受けとめよ
Lay it where Childhood's dreams are twined	わらべの頃の夢を撚り
In Memory's mystic band,	不思議の想い束ねゆけ
Like pilgrim's wither'd wreath of flowers	巡礼の地の花の輪の
Pluck'd in a far-off land.	萎れしのちもあるように

プロローグ

『不思議の国のアリス』誕生

　1862年7月4日昼さがり、オックスフォード近くのフォリー橋からテムズ河の支流を上る舟遊びに出かける一行があった。一行は、オックスフォード大学の数学者ドドスン（Charles Lutwidge Dodgson, 1832-98）とその友人ダックワース（Robinson Duckworth）に、リドル（Henry Liddell）学寮長のかわいい三人娘—ロリーナ（Lorina Charlotte, 当時13歳）、アリス（Alice Pleasance, 10歳）、イーディス（Edith, 8歳）—の5人であった。

　のちにアリスの物語の巻頭詩となる「黄金輝く昼下がり／川面を滑るゆるゆるり」（All in the golden afternoon / Full leisurely we glide）の情景が繰り広げられる。子どもたちがドドスンにお話をせがむ。しかも、とりわけお気に入りのアリス・リドルが「おかしいのを」（There will be nonsense in it!）と注文をつける。そこで即興的に不思議の国のお話が始まる。話し続けるのに疲れたドドスンの「続きは次」（The rest next time—）に、「今が次」（It *is* next time!）と子どもたちが催促する。冒険話はどんどんふくらみ、子どもたちは、不思議の国をさまよい行く夢の子（the dream-child）が、鳥やけものと親しげに話す話に熱心に耳を傾ける。舟遊びを終えて、一行がオックスフォードに帰りついたのは、8時をまわっていた。イギリスの夏の暮れるのは遅く、8時といってもまだ明るい。

　この時に話した物語を、アリスの願いに応じて、ドドスンは本文と37枚の挿絵を手書きし、本の末尾には自ら撮ったアリスの写真を添え（その下にはアリスの肖像画を潜ませ）て、1864年のクリスマスに贈った。主人公の名はもちろんアリスで、『アリスの地下の冒険』（*Alice's Adventures Under Ground*, 以下『地下』と略記する）として、たった一冊だけアリスのために手作りされた（現在は大英博物館にあり、ウェブで視聴ができる）。その1年後、これに「豚とコショウ」「おかしな茶会」の各章や裁判の場面などが付け加えられ、元の手書き本の約2倍の長さになって、『不思議の国のアリス』（*Alice's Adventures in Wonderland*, 以下『不思議』と略記する）として、ルイス・キャロルのペンネームで出版されることになった。挿し絵はテニエル（John Tenniel）がモノグラム（㊗）を付けて担当した。

『地下』の表紙　　　　　『地下』の巻末のアリスのスケッチと写真

　ドドスンは、英国国教会牧師の11人兄弟の3番目の長男として生まれた。伝記によると、家庭で教育を受けた後、12歳でリッチモンド・グラマー・スクールに入学したころには、すでに数学の才能と「度を越した言語遊戯癖」を指摘されていた。また幼い弟妹たちを楽しませるために、挿絵入りの家族回覧用の雑誌を作るなど、早くから文才をみせていた。ラグビー校を経て、オックスフォード大学ク

ライスト・チャーチ学寮に進み、古典と副専攻で数学を専攻し、1854年文学士号を取った。卒業試験の数学で主席だったため、数学講師に選任されて母校にとどまり、さらに1857年文学修士号も取得した。その後、父の跡を継いで牧師にはならず、生涯を独身のまま学寮で過ごした。また本業の数学や論理学の著作以外にも、言語パズルや詩集や物語を次々と発表している。

　ペンネームLewis Carrollは、本名Charles Lutwidgeのラテン名（Carolus Ludovicus）を入れ替え、また英語風に戻すという手の込んだ手順で作られて、1856年から使用している。ペンネームからだけでも、いかめしくこだ

プロローグ　11

わりをもった学者の顔とはうらはらに、いたずらっぽい素顔が窺われる。キャロルはまたアイデアマンでもあり、初めて本の背に題名の印刷をしたり、綴り字文字遊びのダブレット(doublet)を考案したり、手品やパズルも数々考えだした。当時は最先端であった写真術にも精通しており、前述のアリスの写真を始め多くの作品が残されている。おもに幼い少女のモデルが多く、撮影中のモデルにじっとしていてもらうために、次から次へとおもしろい話や謎かけをしたといわれている。

このように才気煥発で自由闊達な反面、内向的でまた非常に几帳面で潔癖な性格の持ち主でもあった。ハドソンによると、所有物はすべてあるべきところに置き、1861年からは手紙に通し番号を付け始め、亡くなる直前には98,721に及んでいた。また、ルイス・キャロルと呼ばれることを嫌い、人名事典への掲載を拒んだり、キャロルあてのファンレターは「受取人不明」として送り返したりしたといわれる。当時のヴィクトリア女王に新作を所望され、数学の本を贈ったという、まことしやかなエピソードも残っている。このような二面性は、ドドスンとキャロルという名前の使い分けだけでなく、本業と趣味や公私の別などにおいても、本人にとってはすべて整然と秩序づけられるべきものであったのであろう。むしろ、このような二面性を遺漏なく秩序づけられるほどの凝り性であったと考えられる。

『不思議』の物語散歩

物語の巻頭では、このお話の契機となった舟遊びの顛末が語られた詩が配置され、楽しかった思い出が切々と歌われている。『不思議』本体は12章からなる物語である。なお、本書では各章の冒頭に登場人物とあらすじをまとめているが、まずその話の流れを章題の英語表記を織り込んで簡単に見ておこう。

5月の昼さがり、土手で本を読んでいるお姉さんのそばで退屈していたアリスは、懐中時計を取り出して遅くなったと急ぐ白ウサギの後を追って、「ウサギ穴に落ちて」(I. Down the Rabbit-Hole)しまう。長い間かかって落ちていってたどり着いたところで、小さなドアの鍵

穴から花壇や噴水のある美しい庭を垣間見て、アリスはそこへ行きたいと思う。そのために筒型望遠鏡のように身体が伸び縮みできればと願ったアリスは、なんとその後実際に身体の伸び縮みを体験することになる。

　身体が大きくなったときに流してできた「涙の池」(II. The Pool of Tears)に、小さくなって落ちてしまったり、涙の池でずぶぬれになった身体を乾かそうと、ネズミや他の動物たちと、「コーカスレースと長い尾の上話」(III. A Caucus-Race and a Long Tale)をしたりする。また、白ウサギの家で突然大きくなったアリスを退治しようと、「ウサギがビルを遣わす」(IV. The Rabbit Sends in a Little Bill)が、これを何とか切りぬけて、再び小さい身体に戻って逃げ出す。その後に出会った「イモ虫の忠告」(V. Advice from a Caterpillar)により不思議なキノコを手に入れてからは、なんとかアリスは身体の大きさを自在に操ることができるようになる。「豚とコショウ」(VI. Pig and Pepper)では、コショウの充満する公爵夫人の家で預かった赤ん坊が、クシャミをするうちにアリスの腕の中で豚に変身する。神出鬼没のチェシャ猫とも知り合いになる。「おかしな茶会」(VII. A Mad Tea-Party)に勝手に座りこんで帽子屋や三月ウサギやヤマ寝とやりあうものの、彼らのあまりの無礼に席を立ってしまう。

　その後やっと、念願の美しい庭の中へと入って行くと、そこはカードの国であった。早速、「クイーンのクローケー場」(VIII. The Queen's Croquet-Ground)で行われたゲームに参加する。そのあと、「ニセ海亀のお話」(IX. The Mock Turtle's Story)で海の学校の話を聞いたり、「イセ海老のカドリール」(X. The Lobster-Quadrille)のダンスを見せてもらったりする。突然の「裁判開始」という声に慌てて法廷へと駆けつける。そこでは、「誰がタルトを盗んだか」(XI. Who Stole the Tarts?)という一件について、キングを裁判長にした荒唐無稽なカードの裁判が行われる。その件とはまったく関係のない「アリスの証言」(XII. Alice's Evidence)さえ求められる始末で、だんだんアリスはそのばかばかしさに我慢できなくなる。そのころにはアリスの身体は自然に元の大きさに戻っていた。とうとう、「たかがカードのくせに」と切ったアリスの啖呵に、カードたちが

プロローグ　13

一斉に宙を舞って振りかかってくる。ここでアリスは夢から覚める。

アリスがお姉さんにその夢物語を話すと、お姉さんはさらにその夢に思いをはせ、大人になってもその夢を忘れないでいるアリスの姿を想像するところで、物語は終わるのである。

本書の視点

『不思議』は、確かに子供向けの童話といわれているが、同時に幅広く大人をも惹きつけるのはなぜだろうか。ほとんどその一生を大学の中で終えた学者の、ことばの上でのまた空想の上での自由奔

魚の目① 『不思議』のテキスト

キャロルは、『不思議』を出版してからも、数多くの訂正、修正、つけ加えを繰り返している。たとえば、1867年では版を新しく組み直し、1886年には短い序文をつけ加え、さらに一つの詩を6行から16行へと長く書きかえなどもしている。こういった手の加えは、亡くなる1年前の1897年の再組み直し版まで続く。この最終版は、Oxford World's Classics でペーパーバックとして再発行されているので、手軽に入手できる。

　　最　終　版：Carroll, Lewis. *Alice's Adventures in Wonderland and Through the Looking-Glass*. Edited with an Introduction and Notes by Roger Lancelyn Green. Reissued as Oxford World's Classics, Oxford University Press.

これには、見慣れないca'n't, wo'n'tなど、キャロルのこだわりの表記法もそのまま使われている。キャロルいわく、省略された個所には必ずアポストロフィを入れるべきであると。

ところで『不思議』の初版の出版状況はなかなか複雑である。初版となるべきはずの幻の版は、1865年印刷されたが、挿絵の印刷不備のため、テニエルからのクレームでキャンセルされた。そのうちの一部が子供病院に寄贈され、一部がアメリカのアップルトン（Appleton and Co.）に売られ、初版本の第二刷として刊行されたが、日付は1866年であった。一方、キャロルの方も別の印刷所に再印刷させ、1865年の12月にマクミラン（Macmillan）から出版させた。これも日付は1866年であった。この間、内容的にはほとんど実質的

放さが、読む者の心をゆさぶり、そして限りなく魅了するのであろう。まさに、作者キャロルの心は解き放たれて、数学、論理、社会や言語などの人を縛りかねないものを、次から次へと自由にもて遊ぶ。不思議の国では、主人公のアリスも顔負けの、個性豊かな生き物が次から次へと現れては、それなりの論理をふり回して、アリスをそして読者をけむにまく。さながらハムレットばりの愚の理(method in madness)、狂ってはいてもそれなりの筋道は通っているといえよう。

『不思議』に対しては従来から、数学的、論理学的、文学的、語学的、心理学的、社会学的、哲学的、さらには精神分析学的に至る

な変更はなされていない。この版は、現在ファクシミリでマクミランより出版されており、容易に目にすることができる。

 初版:*A Facsimile of the First Edition of 1866, Alice's Adventures in Wonderland*. Macmillan Children's Books. 1984.

さらにテキストとして忘れてならないものが、定評ある『注釈付きアリス』である。注釈者のガードナー(Martin Gardner)は、アメリカのジャーナリスト、フリーランスの作家で、科学月刊誌 *Scientific American* の「数学的頭の体操」(recreational mathematics)のコラムを担当していた。ガードナーは、さらに多くの読者の意見なども反映させて『追加注釈付きアリス』、これらをまとめ直した『注釈付きアリス決定版』を出版している。

 ガードナー版:Gardner, Martin (ed.). *The Annotated Alice*. Clarkson N. Potter. 1960.

 ガードナー2版:Gardner, Martin (ed.). *More Annotated Alice*. Random House. 1990.

 ガードナー決定版:Gardner, Martin (ed.). *The Annotated Alice, The Definitive Edition*. W. W. Norton & Company. 2000.

これらさまざまな版を随時参照しながら、この本では、おもに最終版を引用する。ただし大幅に変わっているものについては、適宜説明を加えることとする。

まで、幅広い視点から研究がなされてきている。本書では、ことばにこだわって『不思議』のおもしろさに迫り、英語で書かれた『不思議』を味わい楽しんでみたいと思う。

本書では、まず、問題となる箇所を参照しやすいよう解説の横に原文を掲げている。物語の展開に沿って、ミクロに分け入る「虫の目」、マクロから鳥瞰する「鳥の目」、潮の流れを見通す「魚の目」という3つの視点を設定して、コラムで詳説を行い、多角的な観点からことばのおもしろさを考える。虫の目は、複眼をつかってことばの細かな表現について暫し立ち止まって深く考えるものである。鳥の目では、虫では見えない物語の章を超えた構成やテーマを鳥瞰してとらえる。魚の目では、時の移ろいを経てもなお尽きぬ魅力を見通すものである。とりわけ魚の目では、出版後150年たった21世紀の読者に『不思議』の変わらぬ醍醐味を感じてもらいたい。このように点、面、体と視点の位置どりを変えることで、『不思議』の輝きが見えてくる。それを自在に味わうことができれば、それはまさにことばを楽しむ「人の目」となる。

『不思議』では、登場する者たちがその場限りで勝手に、ことばを使ったり、ルールを無視したりして、おかしな状況を作り上げている。自在にことばとそのルールを弄び、その隙に乗じて、アリスを翻弄する、いわば反面教師たちが活躍する物語といえる。キャロルはことばをめぐる問題を俎上に載せるだけではなく、さらには「ことば遊び」や「論理遊び」にまで展開し、アリスの不思議でおかしい冒険話を仕立て上げているのである。

本書は、読者の好みで、原書の英文の箇所やコラムを飛ばしたり、逆にコラムだけや原書をそばにおいて読んだりできるように構成を工夫している。では、自由な読み方で、不思議の国のアリスの冒険に乗り出してみよう。

第1章

地下の国へ

「I ウサギ穴に落ちて」の登場人物とあらすじ

アリス（Alice）：この冒険物語の主人公。白ウサギの後を追いかけてウサギ穴に落ちてしまい、地下の国で不思議な体験をする。

お姉さん（sister）：アリスのお姉さんとして、現実世界である冒頭部と最終部に登場する。一貫して her sister と表記される。

白ウサギ（White Rabbit）：懐中時計を手に急ぐ姿が、アリスを不思議の国に誘う。初出の a white rabbit から、the Rabbit や the White Rabbit へと表記が変わるが、II 章でアリスとことばを交わす頃からは he となる。

ダイナ（Dinah）：アリスの飼い猫。不思議の国で、アリスはたびたび思い出して、その名を口に出すが、そのたびに騒動が起こる。

土手で本を読んでいるお姉さんのそばでアリスは退屈していた。すると白ウサギが「遅くなった」と言いながら、チョッキのポケットから懐中時計を取り出して急ぐ姿が目にはいる。アリスは、慌ててそのあとを追いかけてウサギ穴に落ちてしまう。落ちていくのを楽しみながらやっとたどり着いた地下の国で、ドアがたくさんある広間に出る。ガラスのテーブルの上にあった金の鍵は、どのドアにも合わなかったが、2 巡目で見つけたカーテンの奥の小さなドアの鍵穴に合った。のぞくと見たこともないような美しい庭が見えた。そこに行きたくなったアリスは、ちょうど筒型望遠鏡のように身体を折り畳めれば、小さいドアを通り抜けてそこに行けるのではないかと思う。テーブルに戻ると「飲んで」というラベルのついた小びんがあり、それを飲むと身体が小さくなって 10 インチ（約 25 cm）になってしまう。そのあと「食べて」という干しぶどうの飾りがついたケーキを食べると大きくなってしまう。

白ウサギを追って

絵も会話もない本を読んでいるお姉さんのそばで退屈していたアリスは、そんな本なんてなんのためになるのだろうと思いながら、花輪でも作ってみようかしら、と眠くてぼんやりした頭で考えていた（she was considering, in her own mind (as well as she could, for the hot day made her feel very sleepy and stupid)）。consider というと聞こえはいいが、大変暑い日だったのでとても眠くてぼうっとしていたのでやっとこさ（as well as she could）とカッコの中に入れて注釈が入る。ここで、いきなり作者キャロルが登場し、アリスの建前と本音のずれを暴露する。さらに、このカッコの中

> There was nothing so *very* remarkable in that; nor did Alice think it so *very* much out of the way to hear the Rabbit say to itself 'Oh dear! Oh dear! I shall be too late!' (when she thought it over afterwards, it occurred to her that she ought to have wondered at this, but at the time it all seemed quite natural); but, when the Rabbit actually *took a watch out of its waistcoat-pocket*, and looked at it, and then hurried on, . . .

で使われているvery sleepy and stupidは、このおかしな夢物語が始まる伏線となっている。

　突然、目の前を白ウサギが走っていく。アリスは、白ウサギを見ても、始めはそんなにたいしたことだとは思わなかった。さらにウサギが「おやおや、これじゃ大層遅れてしまう」と独り言を言うのも、とくに変わったこととは思えなかった。ところが、そのウサギが、実際にチョッキから懐中時計を出したのには、さすがのアリスも興味しんしん、好奇心に燃えて（burning with curiosity）その後を追うことになる。

　当初 *very* remarkable と *very* much out of the way で斜字体のveryを絡ませるものの、最終的には否定の文脈で、さほど異常なことではないとする。ところが、キャロルはアリスの懐古談をカッコの中に付け足す。「ごく自然だったけれど、そのときにもう少し考えておけばよかったのに」と。なお、ここで使われる out of the way は、常軌を逸していることを表すものの、物理的距離感から由来するので、価値観をさほど含まない判断である。

穴に落ちて

　後先を考えずに、アリスはウサギを追ってウサギ穴に入っていく。しばらくはトンネルのようになっていたが、突然深い穴に落ち込む。

> In another moment down went Alice after it, never once considering how in the world she was to get out again.

ここで注意しなければならないのは、in another momentといういわば踏切板的フレーズを使って、いきなりウサギの深い穴の中に落ち込んでいることである。気づいたときにはもう否応もなく、ウサギ穴の中を落ちて行っているのである。

　穴が深かったのか、ゆっくり落ちていったのかはわからないが、アリスはあたりを見廻したり、これから起こることなどを予想したり、と余裕たっぷりであった。まず、どこに行くのかと下を見ても暗くて

第1章　地下の国へ　19

わからなかった。横を見ると、戸棚や本棚があって、そこからびんをとってみると、オレンジママレードのラベルが付いていたが、中は空であった。ところが、その空びんを落とすと下にいる誰かを殺しかねないと思って(for fear of killing somebody underneath)、壁ぎわの棚に置こうとする。とても、優しい心遣いではあるが、よく考えてみれば、本当はアリス自身も同じように落ちているのである。思いっきり振り落としでもしない限り、同じ引力の働きで、アリスと同じスピードで落ちていくはずである。ところが、自分が静止しているときの感覚そのままで、あれこれ考えるという子どもらしさがうかがわれる。

　アリスは、いつも階段から落ちては泣いているのを忘れて見栄をきる。こんなに長いウサギ穴を落ちたのだから、これからは階段を落ちても何とも思わない、たとえ、家のてっぺんから落ちたって泣き言なんか言わないと。そのあまりの格好良さに対して、キャロル小父さんは一言言いたくなって、カッコの中で (Which was very likely true.) と皮肉る。泣き言は一言も言わないというのは、「そりゃそうだろう」と。てっぺんから落ちれば、泣き言どころか、それこそ痛くてものが言えるどころではないし、運が悪ければ、失神や死に至ることもある。これは、『不思議』の中で最初に出てくる、ブラックジョークであるといわれている。

'Well!' thought Alice to herself. 'After such a fall as this, I shall think nothing of tumbling down-stairs! How brave they'll all think me at home! Why, I wouldn't say anything about it, even if I fell off the top of the house!' (Which was very likely true.)

　アリスは、'Down, down, down.' と落ちながら、どのくらい落ちたのか、地球の真ん中あたりまできたのだろうか、と考える。そして、学校で習ったことを思い出しながら、4000マイルにもなるだろうと口に出す。しかしこれに対しても、キャロルは、わざわざカッコの中で、そばに誰もいないのでせっかくの知識を見せびらかすいい機会にはならないが、練習にはなる、とコ

. . . (for, you see, Alice had learnt several things of this sort in her lessons in the school-room, and though this was not a *very* good opportunity for showing off her knowledge, as there was no one to listen to her, still it was good practice to say it over) '—yes, that's about the right distance—but then I wonder what Latitude or Longitude I've got to?' (Alice had not the slightest idea what Latitude was, or Longitude either, but she thought they were nice grand words to say.)

メントを入れる。さらにアリスの独り言が続くが、これに対して、キャロルがカッコの中で口を出す、という掛け合いの構成になっている。

続けてアリスは、Latitude（緯度）やLongitude（経度）などの専門用語を口にする。キャロルは、カッコの中でLatitudeやLongitudeが一体なんのことなのかアリスにはちっともわからなかったが、口に出して言うのにはよい大層なことば（nice grand words to say）であると考えた、と暴露する。ところが、LatitudeやLongitudeまではよかったが、アリスは次のことばでつまずく。

アリスは、このまま落ちていくと、地球の裏側に突き出てしまうのではないかと心配になってくる。そこで出たことばが、antipathiesである。正しくはantipodes（対蹠地）であろうが、antipathies（対蹠心）と言ってしまう。なんとなくよく似た響きであるものの、地理的に反対となるべきところが、心理的に反対を表すことばになる。

> Presently she began again. 'I wonder if I shall fall right *through* the earth! How funny it'll seem to come out among the people that walk with their heads downwards! The antipathies, I think—' (she was rather glad there *was* no one listening, this time, as it didn't sound at all the right word) . . .

実際、antipathiesのときには、アリスも自信がなかったので、そばに誰もいなくてよかったと思った、とカッコの中で暴露される。

アリスは、逆立ちしている人々のど真ん中に突き出るのはなんとおもしろいことか、と自分を中心にした感覚で想像する。おまけに、そこがどこかを尋ねる様子を、おじぎの実演付きの直接話法で考える。「ここはニュージーランドですか？　それともオーストラリアですか？」と、実際の地名まで口に出す。

アリスは空中でおじぎをしようとしたので、続くカッコの中で「落っこちながらおじぎができるか考えてもみなさい、本当にできると思いますか」とキャロルが今度は読者に語りかけている。空中を落ちながら片

> . . . (and she tried to curtsey as she spoke—fancy, *curtseying* as you're falling through the air! Do you think you could manage it?)

足をひいて丁寧なおじぎをする（curtsey）ということは、現にしているアリスにはなんの不思議もないのだが、「そんなことできるかな」と思わずキャロルが読者に語りかけて、脱線してしまう。

さらにアリスは、現地の人に地名を聞いてもばかにされ、聞いて

第1章　地下の国へ　*21*

も無駄なので、標識で確かめるという現実的な対応を考える。このように常軌を逸した状況であっても、アリスは非常に現実的にその対応を考え、しかも落ち着いている。さらに文体的には、もっぱら直接話法で語るアリスのことばに対し、キャロルはカッコの中に入れた地の文で茶々を入れる。

アリスは 'Down, down, down.' と落ちながら、また話し始める。今度は、飼い猫のダイナの心配をする。自分の代わりに誰かミルクをやっていてくれるかな、と。そして連れて来たかったと思うものの、空中にネズミはいないので、代わりにコウモリ（bat）を食べるかしらと思う。ネズミはコウモリと姿が似ているうえに、コウモリと猫は英語では音がよく似ているので、寝ぼけながら 'Do cats eat bats?' と言っているう

> '.... Dinah, my dear! I wish you were down here with me! There are no mice in the air, I'm afraid, but you might catch a bat, and that's very like a mouse, you know. But do cats eat bats, I wonder?' And here Alice began to get rather sleepy, and went on saying to herself, in a dreamy sort of way, 'Do cats eat bats? Do cats eat bats?' and sometimes 'Do bats eat cats?', for, you see, as she couldn't answer either question, it didn't much matter which way she put it.

ちに何度かは 'Do bats eat cats?' と口がすべってしまう。そしてアリスは、ダイナと手をつないで（hand in hand）歩いて、ダイナにコウモリを食べたかと尋ねている夢を見ているうちに、突然ドサッ（thump）と音を立てて枝と枯葉の山の上に落ちて、降下は終わった。擬音語をうまくとり込んで、その着地を効果的に表している。

なお、この寝ぼけながらのアリスの疑問は、食べる側と食べられる側が入れ替わってしまうというとんでもない事態となるが、これは英語では、主語と目的語は語順で意味関係が決まってしまうことを題材にした遊びである。おまけに、cats と bats は、語頭の子音が違うだけの最小対（minimal pair）なので、何度も繰り返して言ううちにこんがらがってくるのも仕方がない。ここでまたキャロルが口を出して、答えられないのだから、どっちにしたって、たいして変わりはないよねと揶揄する。

地底にて

地底について上を見上げると暗かった。目の前に長い廊下があり、先を急ぐ白ウサギの姿が見えた。すぐにあとを追うと、声が聞こえ

た。'Oh my ears and whiskers, how late it's getting!'（おやおや、ずいぶん遅くなった）と。本来ならば Oh dear! Oh, my God! などと表現されるべきところを、言った本人のウサギに関係ある耳とひげ（ears and whiskers）を引き合いに出して、驚き、困惑、罵倒などを表す感嘆詞として、一捻りしている。

　アリスは、ウサギに追いついたと思ったが見失ってしまい、気がつくと一人細長い広間にいた。広間の周りにはドアがたくさんあって、すべてに鍵がかかっていた。どうやったら出られるのかを考えていると、ガラスの3脚テーブルの上に小さな金色の鍵があるのに気がついた。ドアのどれかに合うのではないかとあれこれ試してみるが、2巡目でカーテンの後ろにあった15インチ（約38cm）ほどの小さいドアの鍵穴に合った。ドアをあけると、ネズミ穴ほどの細い通路の先は、見たこともないような美しい庭に続いているのが見えた。アリスは、この広間から抜け出して、なんとかその美しい庭へ行きたいと思ったが、頭すらその穴に入れることはできなかった。

... but she could not even get her head through the doorway; 'and even if my head *would* go through,' thought poor Alice, 'it would be of very little use without my shoulders. Oh, how I wish I could shut up like a telescope! I think I could, if I only knew how to begin.' For, you see, so many out-of-the-way things had happened lately, that Alice had begun to think that very few things indeed were really impossible.

　さらに頭が通っても肩が通らないことにはどうしようもないと思ったアリスは、思わず筒型望遠鏡（telescope）のように身体を折り畳めたらいいのにと願い、さらに始め方（how to begin）さえわかればなんとかなるのにと思う。再び、キャロルが、最近立て続けに常軌を逸したことが起こるので、アリスにはできそうにもないことはほとんどないと思うようになってきている、と読者に注釈をつける。実際、このときのアリスの願いが伏線となってとんでもないことが起こるのである。

　仕方なくアリスはテーブルに戻る。別の鍵か、あるいは人を筒型望遠鏡のように折り畳める教則本でもないかと思ったが、あったの

は（前にはなかった）小びんであり、それには 'DRINK ME' という札がついていた。確かにそう書いてあっても、賢いアリスは急がずに「毒」と書いていないかを確かめた。お伽話で、友達が教えてくれた簡単なルールを守らなかったばかりにひどい目にあった子がいたことを思い出したからである。「毒」とは書いてなかったので、飲んでみるととてもおいしくて、一気に飲み干してしまった。ここで子どもの好きそうな味がカッコの中で詳しく説明される。そして、アステリスク（*）の行が3行入る。これは、こののちもアリスの身体に起こる急な展開を象徴するものとなる。

　アリスは変てこな感覚（a curious feeling）に陥る。なんと、願いどおりに筒型望遠鏡のように折り畳まれて行くではないか。不思議な小びんの中身を飲んでみると、'Oh, how I wish I could shut up like a telescope!' という願い通りに、身体が縮んで行くのを受けとめる気持ちが、curiousで表されている。そして10インチ（約25cm）になって、やっと庭に行けると喜ぶ。

'What a curious feeling!' said Alice. 'I must be shutting up like a telescope!'
　And so it was indeed: she was now only ten inches high, and her face brightened up at the thought that she was now the right size for going through the little door into that lovely garden.

　どんどん小さくなって行く自分に気づいたアリスは、ちょうどいい10インチくらいになっても、そのあとまだ縮んでいかないか（for it might end, you know, in my going out altogether, like a candle）と心配をする。我が身をろうそくになぞらえて、炎の消えた後の行く末を案じる（I wonder what I should be like then?）。普通ゼロになれば、終わりであるが、その向こうのマイナスの世界におびえる。本来なら、身体がなくなれば死ということになるのに、どうやらアリスの感覚からすると、身体の寸法だけがどんどんゼロに近づいたあ

鳥の目① 筒型望遠鏡

アリスの身体が大きくなったり小さくなったりすることが、冒険のきっかけとなる。伸び縮み自体が通常でないばかりか、その仕方も通常とはいえない。これは、アリスが思わず願った「筒型望遠鏡みたいに身体が折り畳められればいいのに」にある。

を折り畳むように

筒型望遠鏡は、『ピーターパン』のフック船長が持っているものを思い浮かべるとよい。大小の筒の組み合わせになっていて、押し込んだり、引き出したりして調節をするものである。アリスは、この筒型望遠鏡のように、身体の長さを調節できればと考えている。つまり頭と足はそのままでその間の胴体部分がなんとかなればよい、と。通常の身体の伸び縮みを想定しているわけではないのである。実際、願いどおりになったときは、頭と足が離れすぎて自分の身体の一部とは考えられなくなったり、あごが足にガンとぶつかってしまったりするほどである。この異様な伸び縮みは、『地下』のキャロル自身の挿絵でみるとなんとなく、そのイメージがわいてくる。

簡単に折りたためる筒型望遠鏡をアリスが思いついたのは、小さなドアの向こうに続くネズミ穴のような細い通路からの発想ではないだろうか。ひざまずいて覗いているうちに、そのままずは頭を、次は肩を入れて、戸口から出したあと、バンと折り畳むことで、通路を通り抜けられて、美しい庭にたどりつけることができると思ったのであろう。

鳥の日② 不思議語

アリスは地下の国で、物を食べたり飲んだりして、何度も身体が変化する。この不安定な時期に、異質の世界にどのようにかかわっていたのであろうか。不安な、ゆれ動く気持ちの中で、異質の世界で出会うもの、見るもの、聞くものに対して、おそらく最初は、それらをとてもではないが受け入れがたい、できれば否定したい、拒絶したいという気持ちをもったのも当然のことであろう。事実アリスはこの繰り返される変化のことある毎に、周囲のもの、不思議の国の住人、出来事に対して、たえず「変だ、変わっている」という気持、感情をもったのである。

それが、地下の国にも慣れ、落ち着きをとりもどし、安定した気持ちをもつに至って、今度は積極的に異質の世界と取り組もうとする前向きの姿勢へと変化する。この時期に見られる「おかしい」という気持や感想には、単なるおかしさから、その理由や原因などを見極めようとする気持、つまり対象への能動的なかかわりを求める積極性が加わる。

この不思議だと思う気持ちを表す語として、queer, odd, strange, curiousを取り上げて、これら類義語の意味関係を押さえてみよう。一連の単語を辞書で引いてみると、ほとんどの単語が言い換えの語として、strangeをあげている。ということは、もっとも一般的な、中立的な単語はstrangeということになる。つまりこれら一連の類義語の核的な意味がstrangeということになる。

strangeは、「普通でない、馴染みがない、理解が難しい」から、「だからなんとなく落ち着かない」までをその守備範囲にもつ。対象物・人に対して積極的に一歩ふみだそう、あるいは逆にしりごみしようとするわけではなく、かかわろうとする意識はあくまでも少ない。自分の立場を変えずに、しかるべき距離をおいて中立的に対象物・人を眺めているのである。

oddも「普通でない・常套でない」という意味で、ordinary, regular, conventional 等の反対の意味を表すが、さらに、時には「奇怪な」という意味で、「変」であることが強調されることになる。

queerは、「風変わり、異常だ」という感情に、「だから疑わしい、怪しい」と否定的判断を強調する「大変な」場合に使われる。

curiousは、物珍しい、見知らぬことに対して、その原因や理由などを知りたがる気持ちを表し、よい意味であれば、「好奇心の強い」ことになるし、悪い方向に働けば、「詮索好き」ということになる。しかしいずれにしても、「変てこな」対象物・人に積極的にかかわろうとする意識が強くある場合に使われる。

章	I	II	III	IV	V	VI	VII	VIII	IX	X	XI	XII
変化	1,2	(2),3		4,5	6,7,8,9	10	11				12	(12)
odd		*										
queer		***		*	**							
strange					*							
curious	*			*		**	**	***	*	*	**	*
curiouser		*										
curiosity	*						*					

　この不思議語の具体例として、queer, odd, strange, curiousを『不思議』の英語テキストから、コンピュータで抽出しアリスに関連するものを数えると、queerは6例検索され、oddは1例、strangeは1例、curiousは14例検索される。その他、不思議語の類義語として考えられるもののうち、out-of-the-wayは3例、funny, puzzling, uncomfortableやuneasyは1、2例あるが、いずれも地下の国に対するアリスの心情を表すものとしては使われていない。

　アリスの伸び縮みの12の変化とこの不思議語を一つにまとめると上の表になる。カッコは章をまたがって変化する場合である。太字の＊は身体の変化そのものに対するアリスの感想として使われている。

　大きくわけると、odd, queer, strangeはV章までに抽出され、それ以後の章では出てこない。ところが、curiousは、VI章以降に片寄っていることがわかる。V章では、アリスは、イモ虫から不思議なキノコを教えてもらって、試行錯誤の後に、自由に自分の身体の伸び縮みを調節することができるようになる。そこで、自主的にかつ積極的に冒険を続けることが可能になった。これらの不思議語をスケール上においてみると、アリスの身体の変化に呼応してアリスの気持ちの揺らぎが不思議語の使い分けに見事に反映されているのである。

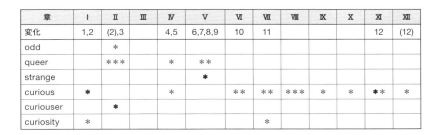

queer	←	odd	←	strange	→	curious
奇異な （大変な）		珍奇な （変な）		奇妙な （変わっている）		珍妙な （変てこな）

げくに、ゼロを通り越してマイナスの世界に突入するようである。いわば、脳死ならぬ〈体死〉判定であり、現世的な身体がなくなっても、その先を見きわめようとする知的好奇心あふれるアリスがいる。ここには、数学的アナロジーから発する、プラスとマイナスにわたる不思議なバランス感覚が投影されているといえよう。

　もうこれ以上何も起こらないとわかり、いざ庭に行こうとすると、鍵をテーブルの上に置いたままであることに気づいた。アリスよりずっと高いテーブルでは、手も届かないし、よじ登ることもできない。

　とうとうアリスは泣いてしまうが、「泣いても無駄、すぐやめなさい」

鳥の目③ キャロル登場

　物語1章の冒頭から、カッコを利用して、本筋とは別に、アリスの視点や作者キャロルの視点が効果的に示されている。語り手による内容の補足とは別に、物語を統括するキャロルがしゃしゃり出て直接読者に語りかけるのも、物語の魅力となっている。これは、物語の発端からみれば納得できる。

　主人公アリスとは無関係に話が進んでいても、そこでのアリスの反応は、やはり読者に興味のあるところである。そこで、話の本筋とは別にカッコの中にアリスの思考や発言がときどき組み込まれることがある。談話の流れを損なうことなく、しかもアリスの言動を知らせることができて一石二鳥といえる。つまり、本筋とは別建てにアリスの視点が導入されるのである。この章では、テーブルの上に小びんを見つけたときのアリスの声「前にはなかったはず」をさし挟み、びんの描写が続く。さらに言えば、アリスは一人二役ごっこが大好きな子であり、いつも冷静にアリスを見ているもう一人のアリスが存在する。その二面性も、カッコを利用することで描き分けられている。

　語り手キャロルが話を進めていくときに、内容的に読者の助けとなるような説明も、談話の流れを妨げとならないようにカッコの中に入れて使われることがある。たとえばこの章では、読者にとっては初めての固有名詞であるダイナの正体をカッコの中で (Dinah was the cat.) と教えている。もちろん初出時から定冠詞を使っているので、飼い猫ということになる。また、アリスが飲んだびんの中身の味を、いかにも子供が好きそうなチェリータルトやカスタードなどを並べ立てて、読者サービスを行って

> 'Come, there's no use in crying like that!' said Alice to herself rather sharply. 'I advise you to leave off this minute!' She generally gave herself very good advice (though she very seldom followed it), and sometimes she scolded herself so severely as to bring tears into her eyes; and once she remembered trying to box her own ears for having cheated herself in a game of croquet she was playing against herself, for this curious child was very fond of pretending to be two people.

と自分を厳しく叱る。いつも自分に良い忠告をしているが（めったに自分への忠告に従わなかったものの、とカッコの中で暴露される）、ときには自分を厳しく叱責するあまり、泣いてしまうこともあったほどである。あるときなど、自分相手にクローケーの試合をして、ズルをしたということで自分の耳を叩こうとしたほどである。という

いる。次章では、涙の池を海と勘違いしたアリスにかこつけて、当時の海水浴場の様子を説明する。

また、カッコという隠れ蓑を着てキャロルが登場することもある。話の展開からちょっと脱線して直接読者に語りかけたりもする。たとえば、繋ぎことばのyou seeを使って読者を巻き込んだり、作者 I が読者 you に語りかける I will tell you を使って、意識的にカッコの中に入れ込む。

物語の初っ端で、considerと言うと聞こえはいいが、その実情はやっとこさ（as well as she could）、とアリスにとっては不都合なことまで暴露する。また、空中を落ちながら正式のおじぎをすることに対して、現にしているアリスをよそに、読者に対して「あなたなら、そんなことできるかな」とカッコの中で語りかけている。とくに、

> *メタ的：本文の内容に対し、別途付け加えられるコメントなど。[鳥の目⑥] 参照。

本音と建前のずれを効果的に暴き出すのである。これはキャロルもまた、アリスばりに一人二役を楽しんでいるといえよう。

カッコの中で表される視点は、読者向けの親切な補足のみならず、あえてカッコで割り込むことにより本筋と対比をなして文体的効果を上げる場合にも使われる。たとえば、とうとうと話をする相手に対する思惑や反応をカッコの中に入れて、話の流れを損なわない形で描き出す。いずれも、カッコで別扱いすることにより、本来の談話の流れを保ちつつ、新しい情報を提供している。このような作者のスタンスをメタ的*に明示するカッコの多用は、とくにこの物語が元々子供たちの反応をみながら紡ぎ出されたという特徴を浮かび上がらせる。

第1章　地下の国へ

のは、なにぶん、アリスは二人ごっこ遊びが大好きだったからと種明かしされる。

　ところで、ずいぶん小さくなってしまった今となっては、お得意の二人ごっこ遊びはできなくなるとアリスは嘆く。今の私ですら、まともな一人前とは言いがたいのに、それをさらに半分ずつに分けるなんて、とんでもないと。どんな小さなものでも、理論的にはさらに半分にすることは可能であるのに、実感としてはとらえにくい、子供らしい計算感覚の表れといえよう。

　アリスは、テーブルの下のガラスの箱の中に小さなケーキが入っていて'EAT ME'と干しブドウで書いてあるのに気がついた。それをすぐに食べる決断をしたのは、食べれば何か身体に変化が起きて、大きくなれば鍵に届くし、小さくなればドアの下から潜り込めると思ったからである。ケーキを食べた結果どっちに転んだとしても、美しい庭にいけると冷静に判断した。そしてどっちでも構わないが「どっちかな」と頭に手をのせながらケーキを食べる。しかし何も変わらないので、とても驚いてしまう。もちろん、これはケーキを食べたときには当たり前のことであるが、変なことが起こるのに慣れてしまったアリスにしてみると、とてもつまらなく思えてしまった、と説明が入る。ここでは、common wayと対応する形で、慣用表現 'get into the way of' からきたout-of-the-wayが使われている。これは、通常がdull and stupidに思えてしまうほど、異常さに慣れきったアリスの意識の逆転を象徴する。アリスはケーキを食べ尽くす。そしてアステリスク3行が入る。

She ate a little bit, and said anxiously to herself 'Which way? Which way?', holding her hand on the top of her head to feel which way it was growing; and she was quite surprised to find that she remained the same size. To be sure, this is what generally happens when one eats cake; but Alice had got so much into the way of expecting nothing but out-of-the-way things to happen, that it seemed quite dull and stupid for life to go on in the common way.

So she set to work, and very soon finished off the cake.

第 2 章

$4 \times 5 = 12$?!
数字のマジック

「Ⅱ　涙の池」の登場人物とあらすじ

ネズミ(Mouse)：アリスの流した涙の池で出会うネズミ。初出の a mouse が the mouse を経て、アリスとの対話が始まるころには、the Mouseと大文字化される。

ケーキを食べてどんどん大きくなっていったアリスは、とうとう9フィート（約2m74cm）以上にもなってしまう。自分は誰になってしまったのか、とためしに計算などのテストをしてみてもできない。ドアの向こうのきれいな花園へはとうてい行けそうにもない大女になり、声を上げて大粒の涙を流して泣き出すが、涙の池は深くなるばかりである。そこへちょうどやってきた白ウサギに、すがらんばかりに声をかけたが、びっくりされて逃げられてしまう。白ウサギの残していった手袋をはめたり、扇子であおいだりしているうちに、今度は2フィート（約61cm）まで小さくなり、慌てて扇子を手放す。ときすでに遅く、縮み切りかけたアリスは、大女のときに流した涙の池にはまってしまう。すぐそばまで泳いでやってきたネズミに声をかけ、不用意にもネコや犬の話題を持ち出して、怒らせてしまう。しかしネズミの「岸に上がって、身の上話を聞かせよう」のことばにつられて、涙の池にいた小鳥や動物全員が、アリスを先頭に岸の方へ泳いでいく。

自分の足にプレゼント

　ケーキを食べて、アリスは伸びるか縮むかと頭の上に手をおく。このときアリスの口からでてきたことばが、curiousの文法的に間違っている比較級（curiouser and curiouser）である。あまりにも驚いて、まともなことば遣いができなかった、と注釈が入る。しかし、curiousには、常軌を逸した変化ではあるが、それを積極的に評価しようとするアリスの気持ちが、色濃く反映されている。世界一大きな望遠鏡のように、アリスはどんどん伸びて、9フィート以上になってしまう。自分の足も、どんどん遠ざかり見えなくなる。こうなると、足も自分の身体の一部でありながら、自分の一部でないような感じである。

　そこで、自分の足に呼びかける。しか

> 'Curiouser and curiouser!' cried Alice (she was so much surprised, that for the moment she quite forgot how to speak good English). 'Now I'm opening out like the largest telescope that ever was! Good-bye, feet!' (for when she looked down at her feet, they seemed to be almost out of sight, they were getting so far off). 'Oh, my poor little feet, I wonder who will put on your shoes and stockings for you now, dears? I'm sure I sha'n't be able! I shall be a great deal too far off to trouble myself about you: you must manage the best way you can—but I must be kind to them,' thought Alice, 'or perhaps they wo'n't walk the way I want to go! Let me see. I'll give them a new pair of boots every Christmas.'

し、その呼びかけは、物理的距離感に対応して、最初は1人称のmy feet、次に2人称のyou、そしてさらに3人称themへと変化する。この人称詞が変化していくということは、自分の頭から足が遠のいたための客観視を暗示しており、アリスの心の動揺が露わになる。最後には、あまりに遠く離れてしまって、意志の疎通が危ぶまれる自分の足への懐柔策として、プレゼントを贈ろうと思いつく。そしてご丁寧にも、インデント付きの実際の書式を思い浮かべながら、宛先とメッセージまで考えて、さらに送り方まで心配する。[虫の目①]

どんどん大きくなっていったアリスは頭が天井につかえ、9フィート以上の大女になってしまう。金の鍵をとってドアに向かうが、これではドアを通り抜けることができない。

大粒の涙を流して泣くアリスは、自分に向かって、「大きな女の子（a great girl like you）のくせに、泣いてはだめ」と叱咤激励する。涙の池は、4インチ（約10cm）の深さにまで達してしまう。

叱るときの口調の一つとして、「大きなおにいちゃんのくせに…」、「大きなおねえちゃんなのに…」などの表現を使うが、これは、子どもの身体の実際の大小にかかわらず、相手のことばや行動が、その年令にふさわしくないときに、叱責のことばとして多用される。この叱るときの口調としての働きにオーバーラップしてもう一捻り、このときのアリスが9フィートもある《大女》であることがだぶって、ことば遊びが成立する。

私は誰？

白ウサギの置き忘れた扇子で無意識にあおいでいる間、アリスは、今日一日自分に起こった変化を考え、自問自答する。

虫の目① 自分の足にプレゼント

　アリスが身体の変化に驚いて発したことばが、more curious（変テコ林（リン））ではなく、なんとcuriouser（変テンコ森（モリ））である。この変化は、その前に筒型望遠鏡のように身体を思い通りに折り畳んだり伸ばしたりできたらいいのにと願っていたアリスの、まさにその願いどおりになったというわけである。しかし、実際起きてしまうと、何とも具合の悪いことになる。

　アリスはあまりにも大きくなってしまったので、つまり頭と足があまりにもかけ離れてしまって、思わず自分の足に対して'Good-bye, feet!'と別れのことばをかけたほどである。自分の足が見えなくなるほど遠くなって、自分のものとも感じられなくなり、心配が始まる。足に靴や靴下をいったい誰が履かせてくれるのか、あまりに遠くなってしまったので、自分では面倒が見られなくなってしまうからと。

　その心配することばのなかで、自分の足に対して使う表現が、最初は１人称（my (poor little feet)）だったのが、次に２人称（you, your (shoes and stockings)）へと変化していく。あまりにも離れてしまったから世話をしてあげられなくなるので、何とか自分でやりなさい、と自分の足に語りかけてしまう。しかし、やさしくしてあげないと言うことを聞いてくれなくなって、勝手な方向に行ってしまうのではないか、と心配になり懐柔策を思いつく。クリスマス毎にブーツをプレゼントすると。ここでは３人称表現（they, them）へと変化する。自分の足に対する物理的距離感が、心理的な距離感を経て、さらには言語的にも反映されていくのである。

　ちなみに、自分の足も見えなくなるほど大きくなってしまった事態の説明は、物語の語り手のことばとして、本文中のカッコの中でalmost out of sightと挿入されているが、読み手として、もっぱらアリスの独白に着目してみるとその実感がよくわかる。

　アリスに係る１人称の自称詞から、２人称の対称詞、３人称の他称詞への転換の中に、その距離感の増大が効果的に示されている。日本語ではこのような人称詞の使い分けはあまり明示されることがなく、英語ならではのことばを選ぶ発想法を楽しむことができる。

　このように、心理的距離感を表すことばに凝縮された物理的距離感を読み解いてこそ、冒頭のcuriouserと変なことばまで発したあげくに、自分の足の懐柔策としてのプレゼント作戦まで考えるほどのアリスの当惑ぶりが理解できる。その仕掛けとしては、筒型式望遠鏡を引き伸ばすという発想、つまり頭と足はそのままで胴体部分だけを伸ばすということで、まさに足まで手が回らなくなったという感覚がある。

おまけに、自分の足に贈り物を送るため、アリスはその送り状を書式付き（インデント方式で書かれた宛名、添え書き付き）で妙にリアルに想像して、我ながらなんて変な (odd) ことだろうと思う。足の居場所が、子供の大好きな暖炉の炉格子近く (near the Fender) の炉辺敷 (Hearthrug) になっているのも、実に楽しい。英語式の宛名の書き方は、日本式とは逆に、まず受取人の名前、次にくる住所はより身近な所から順に書いていく。その差も織り込んで、アリスの思い描いた送り状のイメージを比べておこう。

> ***Alice's Right Foot, Esq.***
>   ***Hearthrug,***
>   ***near the Fender,***
>   ***(with Alice's love).***

> **炉格子通**
>   **炉辺敷上ル**
>   **アリス右足　殿**
>   （アリスより愛を込めて）

こんなイメージまでありありと想像して、我ながらアリスは、'Oh dear, what nonsense I'm talking!' と苦笑する。

第2章　4×5=12?!——数字のマジック

「今日はなんて大変なのでしょう。昨日はいつも通りだったのに。一晩で変わってしまったのかしら。今朝起きたときは同じだったのかしら、でもちょっと違ったみたい。そしたら、一体私は誰？（Who in the world am I?）」と。

昨日までの自分に替わるのは「誰」かとアイデンティティを考えるときに、アリスは実際に自分が知っている子を思い浮かべる。外見上、巻き毛のエイダ（Ada）ではないと断言できる。さらに、あんなに物を知らないメイベル（Mabel）には論理的にありえないと

> 'Dear, dear! How queer everything is to-day! And yesterday things went on just as usual. I wonder if I've been changed in the night? Let me think: *was* I the same when I got up this morning? I almost think I can remember feeling a little different. But if I'm not the same, the next question is "Who in the world am I?". . .'

虫の目② かけ算でチェック　4×5＝12?!

　自分のあまりの変化に動転して、アリスは、自信を失いかけている。そこで、自己確認のために自らに課したかけ算の問題は、とほうもない答えとなり、すっかり自信喪失してしまう。ところが、ここには実は驚くべきからくりがあると、毛利（1987）で指摘されている。まさに「愚の理」が隠されている。

　'. . . I'll try if I know all the things I used to know. Let me see: four times five is twelve, and four times six is thirteen, and four times seven is —oh, dear! I shall never get to twenty at that rate! . . .'

　正答の20と12が同じ音/twe/で始まるから、言い間違ったという単純な説明ではすまされない。このかけ算は、実は n 進法を利用したものであり、さらにアリスが続けて言う「この調子では、とても20までいけないわ」にも、数学的な裏づけがある。

　ふだん使っている10進法では、9の次は位が上がって10となり、0～9の10種類の数字ですべて表記できる。しかし、たとえば12進法では、12ずつで位が上がるので、数字の足りない所にアルファベットを使うと、10進法の9, 10, 11, 12, 13は、12進法では〈9, A, B, 10, 11〉と表記されることになる。なお日本式では、four times fiveは5×4と表記すべきところだが、4の段のかけ算という意味で、便宜的にここでは4×5と表記する。

する。ところが、頭の具合を調べようと、色々教科のテストをするとどれも満足にできないのである。まず、かけ算表（Multiplication-Table）。「5×4＝12、6×4＝13、7×4＝…この調子でいけばとても20までいかないわ。」[虫の目②]次に地理の問題。「ロンドンはパリの首都で、パリはローマの首都で…」と悪循環していく。こううまくいかないと、論理的決着として、メイベルに変身してしまったことになる。でも認めたくない。詩を暗唱しようとすると、口から出てくるのは、まったくのでたらめ。こうなると、あのばかなメイベルにならざるをえない。ところが、メイベルということになると、あんな狭い家（that poky

---

「4×6＝13」： 4×6＝24（10進法）は、21進法では〈13〉
「4×7＝14」： 4×7＝28（10進法）は、24進法では〈14〉
　　　　：　　　　　：
「4×12＝19」： 4×12＝48（10進法）は、39進法では〈19〉
「4×13＝?」： 4×13＝52（10進法）は、42進法では〈1A〉

4×5＝20（10進法）は、18進法では18で位が上がるので20（＝1×18＋2）は〈12〉と表記されることになる。そうなると、アリスの計算も実は正しくなる。

4の段なので、掛ける数が1増えると、答えも1増え、進法は3増える、という規則性がある。42進法では、42は〈10〉と表記され、〈20〉になるのは84である。また、51は〈19〉と表記されるので、42進法の表記法の〈19〉と〈20〉の間には、実は52から83までの数値があり、アルファベットを使っても表しきれないことになる（43進法にすると52は〈19〉となる）。だからこそ、アリスは「いつまでやっても、20にはならない」と、早くも4×7の段階で嘆くのである。

ガードナーは、昔のかけ算表は、12の段まであったので、「4×12＝19」以上はできないという簡単な説明もできるとしている。しかし、キャロルが数学者であるということを考えると、やはり、n進法による説の方が圧倒的に迫力がある。

little house）に住まないといけないし、遊ぶおもちゃもほとんどない（next to no toys to play with）し、勉強しないといけないこともいっぱい（ever so many lessons to learn）あるし、ということになる。学友のメイベルの像がオーバーラップされて、家庭でも学校でもかわいそうなメイベルになるくらいなら、誰がなんと言おうと、この穴の中にいる方がましだと考える。そして、自分の〈なりたいと思う人〉の名前で呼ばれるまで、穴の底でがんばってみると言う。［虫の目③］

　ところで、いつも口にしている詩を暗唱しようと試みたものの、アリスの口から出てくる文句はいつものものとは違っていた。

虫の目③ 私は誰？

　ウサギ穴に落ちたアリスは、昨日はいつもどおりであったのに、'I' yesterdayと 'I' to-dayでは違っているような気がする。そうなら「私は一体誰？」と思い悩み、アリスの自問自答が始まる。「誰」のところに、具体的に自分の友達をあてはめて考える。この場合のアリスの空想は、非常に具体的で直接話法がとられており、さらに論立てに法助動詞*が使い分けられている。

　まず、アイデンティティのチェックを行う。客観的に見て巻き毛のAdaではないとわかるので、I'm sure I'm not Adaと断言する。次に、Mabelを思い浮かべる。あんなに物を知らないMabelには論理的にありえないので、I'm sure I ca'n't be Mabelと断言したものの、見た目では頭の中まではわからないので、実際に検証を始める。ところが、かけ算も地理もうまくいかないので、論理的にMabelに変身

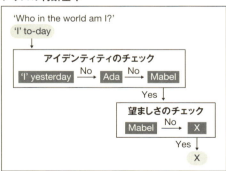

アリスの判断基準

> How doth the little crocodile
> Improve his shining tail,
> And pour the waters of the Nile
> On every golden scale!
>
> How cheerfully he seems to grin,
> How neatly spreads his claws,
> And welcomes little fishes in,
> With gently smiling jaws!

ほら、小ワニがピカピカ
　シッポを磨きあげる
　ナイルの水をふりかける
　金の鱗にひとつずつ！

楽しげにニヤリと笑い
　きれいに爪を広げ
　やさしく笑って口広げ
　小魚たちを迎え入れ！

　この詩は、ガードナーによれば、ワッツ（Isaac Watts, 1674-1748）の当時よく知られている詩 'Against Idleness and Mischief' をパロ

> *法助動詞：可能性・必然性・義務・認識などについて、話し手の心的態度を表す法の助動詞。たとえば、I can't be Mabel.（私はメイベルではありえない）では、論理的可能性を強く否定している。

してしまったと認めざるを得ない（I must have been changed for Mabel.）。さらに詩の暗唱もうまくいかないので、結局Mabelにならざるを得ない（I must be Mabel after all.）ことになる。

　ところが、現実のMabelは、狭い家でおもちゃもないし、勉強もたくさんしなければいけないお馬鹿さんである。そんなMabelになるくらいなら、このまま穴の中にいる方がましだと思ってしまう。ここで、望ましさという新たな基準のチェックを入れる。とにかく、地上から〈なりたいと思う人〉の名前で呼ばれるまで、ウサギ穴の底でがんばってみようと思う。単なる固有名詞というラベルの置き換えだけでなく、なりたいと思う人の名前の最適値（X）に

は、望ましさのチェックを入れようとする。'I' to-dayが変わったのはわかるものの、誰になったかはわからないままである。

　結局、アリスは本来の 'I' yesterdayのままであってほしいと願いつつも、自分が変わってしまったと認めざるをえない。後にGryphon（グリフォン）に「お前の冒険話を聞かせておくれ」といわれたアリスが、おずおずと 'it's no use going back to yesterday, because I was a different person then' と答えていることばにも裏づけされている。確かに昨日とは different personであると言い切っている。しかし、誰になるかは別問題であるので、必死になって「私は誰？」がわかるまで、ここでがんばろうと思うのである。

第2章　4×5=12?!── 数字のマジック　39

ディ化したものである。

> How doth the little busy bee
> 　　Improve each shining hour,
> And gather honey all the day
> 　　From every opening flower!
>
> How skillfully she builds her cell!
> 　　How neat she spreads the wax!
> And labours hard to store it well
> 　　With the sweet food she makes.

　オリジナルの作者ワッツは英国の神学者で、有名な賛美歌も書いている。当時の教訓詩は、子供たちも暗唱させられていたのであろう。アリスは、自分であることを確認するために、この詩を暗唱しようとするが、口からでてきた文句は「ナイルの水でシッポをピカピカにみがくワニさん」の詩になってしまった。花から花へと一日中蜜を集めて、せわしなく飛び回る働き蜂の代わりに、小ワニが登場する。勤勉をすすめる分別くさい教訓詩が、努力することなく、えさの方から勝手に口の中に飛び込んでくる小ワニの話に変わる。「怠惰と悪戯の戒め」ならぬ、「怠惰と悪戯の勧め」とパロディが成立する。オリジナルの内容の価値が逆転する代表例である。

　当時の児童向けの物語はすべて教訓に満ちていたが、キャロルはこれを打ち破り、初めておもしろおかしいだけの物語『不思議』を誕生させたといわれている。このとんでもないパロディ詩が、毎日教訓づけの子どもの口から出てくる設定に、キャロルの徹底した揶揄ぶりがうかがわれる。

ネズミを怒らせる

　アリスは詩の暗唱もまともにできないので、メイベルになるくらいなら、なりたいと思う人になるまで、穴の底でがんばろうと思う。しかし、寂しさのあまり後悔の涙で大泣きする。アリスは、無意識のうちに白ウサギの手袋をはめていることで、自分が小さくなっていることに気づく。身体が2フィートまで縮んで、さらに白ウサギが忘れて

いった扇子であおいでいるうちにますます縮んでいく。アリスは驚いてあおぐのをやめるが、あやうく縮みきってしまうところであった。

アリスは 'That *was* a narrow escape!' と、まだ自分が存在していることに感謝し、いざ庭に行こうとするが、ドアには鍵がかかり、金の鍵はガラスのテーブルの上にある。ひどいことになったとぼやいていると、足が滑って塩っぱい水にザブンと顎までつかってしまった。前に行ったことのある海かと思ったが、それは大きくなったときの自分が流した涙の池であった。自分の涙の池にはまるなんて、泣きすぎた罰にしても、なんと大変な(queer)ことかと思うが、'However, everything is queer to-day.' と気を取り直す。

水のはねる音がしたので、近くまで泳いで行く。はじめはセイウチかカバかと思ったものの、自分が小さくなったことを思い出し、ただのネズミということがわかった。ネズミに話して何になるのかと思いながら、この地下ではありえないことばかり(Everything is so out-of-the-way down here.)だから、ネズミが話すのもありそうだと試してみることにする。そこで、'O Mouse!' と呼びかける。ここで、キャロルの説明がカッコの中に入る。ネズミに声をかけたことなんかなかったので、アリスはお兄さんのラテン語の文法書にのっている格変化の呼格（正確にはその英語訳）で呼びかけたと。

> So she began: 'O Mouse, do you know the way out of this pool? I am very tired of swimming about here, O Mouse!' (Alice thought this must be the right way of speaking to a mouse: she had never done such a thing before, but she remembered having seen, in her brother's Latin Grammar, 'A mouse—of a mouse—to a mouse—a mouse—O mouse!')

返事がないので、フランスから来たネズミかもしれない、と今度はフランス語の教科書の一番最初にでてきた文章を言ってみる。ところがこれが 'Où est ma chatte?'（私のネコはどこにいますか）だったので、ネズミを震えさせてしまうことになる。

慌ててアリスは謝って、「あなたがネコがお好きじゃない(you didn't like cats)なんてこと、すっかり忘れていたわ」と言い訳をする。それに対してネズミは、「ネコがお好きじゃ

ない、だと！」(Not like cats!)と甲高い感情的な声で答える。これは、相手のことばの一部をそのまま、おうむ返し的に繰り返して引用し、これに自分の感情をつけ加えることばのメタ的使用である。相手のことばの力を利用しているだけに、「とんでもない、（お好きとか、お好きじゃないとかというような）生易しいものじゃない」と強く否定する表現効果をもつ。続く'cried the Mouse in a shrill, passionate voice'でそのときのネズミの感情が明らかにされる。ネズミは、アリスがネズミなら、ネコが好きと言えるか、と反問する。

'Oh, I beg your pardon!' cried Alice hastily, afraid that she had hurt the poor animal's feelings. 'I quite forgot you didn't like cats.'
 'Not like cats!' cried the Mouse, in a shrill, passionate voice. 'Would *you* like cats, if you were me?'

　ところが、アリスはネコが好きかと尋ねられたと勘違いして、自分の飼い猫のダイナのことを持ち出す。大好きなダイナのこととなると、アリスは下線のように脚韻を踏んで、滑らかに説明する。face, nurse, miceと口調良く言うものの、最後はcatching miceになってしまう。

- she sits purring so nicely by the fire, licking her paws and washing her fa<u>ce</u>—
- she is such a nice soft thing to nur<u>se</u>—
- she's such a capital one for catching mi<u>ce</u>—

最初はかわいらしい仕草から始まり、果てはネズミとりの名人であるダイナの話を続けたことで、相手が気分を害しているのに気づき、アリスは慌てて話題を変えようとする。アリスの「私たちはネコの話はこれ以上はしないようにしましょう」のことばに、自分も込みで'We...'と言われたことに、ネズミはよほど腹をたてたようである。'We, indeed!'（私たちは、だと！とんでもない）とネズミは、シッポの先まで震えながら叫ぶ。ネズミの興奮ぶりを表すためにindeedが、繰り返しのことばに付け加えられ、ネズミの怒りに震えている様子を想像させる。

'We wo'n't talk about her any more, if you'd rather not.'
 'We, indeed!' cried the Mouse, who was trembling down to the end of its tail. 'As if *I* would talk on such a subject! Our family always *hated* cats: nasty, low, vulgar things! Don't let me hear the name again!'
 'I wo'n't indeed!' said Alice, in a great hurry to change the subject of conversation.

アリスのことばでは、'We wo'n't talk about...'と一般的な言い方をとっているのに対し、ネズミはこのaboutを onにすりかえて、わざと特定的にとらえて言う。まるでこの私が話を始めたみたいじゃないか（I...talk on...）、と異議を唱える。これはアリスの言ったWeにI（=Mouse）が含められたことへの反論のだめ押しである。ネズミは続けて、ネズミ一族にとってネコなんてものはお好きじゃないどころか、いつだって憎悪の対象以外の何物でもない、これ以上そんな名前も聞きたくないのだ、と言う。

　この強硬なネズミの物言いに対して、アリスは急いで自分の使ったweをIに代えて'I wo'n't indeed!'とことばを修正する。さらに、ネコがだめならイヌと話題をふって、その上ことばもプラス思考のfond ofに変えて、'Are you—are you fond—of—of dogs?'と聞く。ネズミが返事をしないので、調子にのってイヌの話を続ける。ところが、またもやネズミを殺す話になってしまい、これを聞いたネズミは、大慌てで泳いで行ってしまう。しかし、これ以上はイヌやネコの話をしないと引き留めるアリスのことばに応じて、戻ってくる。

　ネズミは、震える声で陸に上がろうと誘い、なぜ自分がイヌやネコを憎悪するのか、自分の身の上話（my history）をすると言う。そこで、そのときまでに涙の池に集まっていたアヒル、ドードー、オウム、小ワシをはじめとする一行全員が陸へと泳いで行く。

鳥の目④

登場人物の表記

　Alice 以外のことばを発する登場人物はどのように表記されるのだろうか。the Mouse、the Rabbit、the Caterpillar 等は「the + 動物を表す普通名詞」、the Hatter、the Queen 等は人を表す普通名詞で表記され、最終的に定冠詞付きの大文字表記となる。a Canary と an old Crab は不定冠詞付きのままである。the Lizzard には Bill、また the Rabbit の下男にも Pat という名が付けられる。カードの庭師は定冠詞なしの Two、Five、Seven とその数字のまま呼ばれる。the cook と the executioner は共に小文字で表記される。

　この複雑な表記に加えて、さらに 2 種類の代名詞が重複使用されているのが 6 例ある。

the (White)Rabbit: I 章の最初で Alice を地下の国へ誘い込むときには、its が使用されるが、II 章で地下の国の住人として再登場するときには he となる。

the Mouse: III 章で、its から his に移行する。Mouse は、身の上話の後、Alice の聞き方が悪いと腹をたてて再び立ち去ってしまう。この点までは its で受けているが、一人残された Alice が、遠くのほうに小さな足音を聞き、Mouse が戻ってきたのではと希望を抱いたときに his へ変化する。

the Cat: its が使用されるが、唯一の例外は、空中に現れている the Cat に向かって、the Queen が、「このものの首を切れ」と叫ぶときの his head である。

the Lizard(Bill): Bill という名前であるなら当然 his で受けることになるが、XII 章の物語の統括では its になる。

the Dormouse: VII 章では終始夢うつつで、テキストによっては it と he が使い分けられ、XI 章では his, him が使用される。

the Gryphon: IX 章の中で its が使われ、his は一箇所のみ (sighing in his turn) に使用される。the Mock Turtle が専ら he, his となるのと対照的である。

　the White Rabbit の場合、夢の世界への導入部分では its が使われ、完全に夢の中へ入った後では he となる。the Lizzard の場合は、夢の世界では his で、夢から覚める過程では its となる。つまり夢の中の世界と、夢のフレームの部分では取り扱いが変わっている。物語の地の文での取り扱いと、他の登場人物の発話の中の取り扱いで異なる例が、the Mouse と the Cat である。後者の場合はさらに他の登場人物の常套文句 (Off with his head!) 中という状況が加わる。

第 3 章

ネズミの尾の上話
ねじれていく話

「Ⅲ　コーカスレースと長い尾の上話」の登場人物とあらすじ

ドードー(Dodo)：インド洋モーリシャス島に生息していたが絶滅した幻の巨鳥dodo。キャロルは自分の本名をDo-do-Dodgsonと言っていたというエピソードもあり、レースでのドードーの立場は、舟遊びで子どもたちにお話をする作者のキャロル小父さんとも重なる。

アヒル(Duck)：舟遊びで一緒に出かけた友人の名前Duckworthをもじったもの。

オウム(Lory)：舟遊びの時のリデル3人娘の長女Lorinaから。

小ワシ(Eaglet)：舟遊びの時の3人娘の末っ子Edithから。

カニ(Crab)：親子(the old Crabとthe young Crab)で登場。

カナリヤ(Canary)：親子(a Canaryとits children)で登場。

アリスの流した涙の池から土手に上がってきたのは、全員びしょ濡れで不機嫌きわまりない奇妙な一団であった。どのようにして自分たちの身体を早く乾かすかが、まずは全員の先決問題となった。ネズミの「自分が皆さんをすぐに乾かしてあげる」のことばに期待をかけたものの、英国史の話では効果はまったくなかった。次にドードーがコーカスレースを提案するが、これはまったくルール無用の、レースとはいえない代物であった。それでも何とか賞品授与式まで執り行われるに至った。そのあと始まったネズミの身の上話ならぬ尾の上話に、アリスがトンチンカンな応対をしたことで、話はねじれていって、とうとうネズミは怒ってその場を立ち去ってしまう。さらに、不用意にも飼い猫のダイナの話まで持ち出したアリスは、他の者にも去られて、一人取り残される。

ネズミの歴史講義

　アリスの流した涙の池でびしょ濡れになった奇妙な一団は、どうやって身体を乾かすのかの相談を始める。アリスもごく自然に皆と親しげに話をする。

　オウムと議論しているうちに、オウムはご機嫌が悪くなってしまい、自分は年上だから物知りだと言い放つ。オウムがいくら自分が年上だから物知りだと言い張ったところで、アリスにしてみれば、実際の年令が本当にそうか確かめてみないと、つまり前提が真であるかどうかを検証しないと、相手の方が賢いなどとはとうてい納得できない。ところが、オウムが頑として言わないものだから、それ以上話は進展せずに、宙ぶらりんの

> Indeed, she had quite a long argument with the Lory, who at last turned sulky, and would only say 'I'm older than you, and must know better.' And this Alice would not allow, without knowing how old it was, and, as the Lory positively refused to tell its age, there was no more to be said.

> *自由間接話法：間接話法の一種。伝達部は省略されるが、直接話法の文構造（疑問、感嘆や呼びかけなど）は残るため、主語の主観的内面を効果的に表現する。ここでは、伝達部抜きで、いきなりアリスの心情に踏み込んでいる。
>
> *メタ言語：たとえば、「月が出た」の月は、空にかかる実際の月を指す対象言語である。しかし、「月は漢字だ」の場合の月は、「月」という語そのものを指すメタ言語であり、レベルが異なる。

ままとなる。論を進展させるためには、前提の値が決まらないと、それ以上のことは言えなくなる。この場合の論の不毛さは、直接話法と間接話法の両者の特徴をあわせもつ自由間接話法*の形式（this Alice would not allow, without knowing how old it was）で表されていて、非常に効果的である。

　ちなみに、このオウムのモデルは、リデル三人姉妹の長女のロリーナと考えられる。お姉さんから自分の方が年上だから言うことを聞きなさい、とよく言われていたであろうが、この物語の中では、アリスはオウムに言い返して、一矢を報いているのもおもしろい。

　一団の中で、なにやらえらそうに見えるネズミが開口一番、教師口調で 'Sit down, all of you, and listen to me!'（全員着席、傾聴）と、座をとりしきる。

　「誰がいつどのような場で誰に言うのか」によって、それにふさわしい決まり切った表現がある。このときのパターン化された表現を知っているかどうかということは、その文のもつ微妙なニュアンスや、その話し手の意図を知る鍵となる。会話がさりげなくあるパターンに則って行われているとき、このパターンを読み取ることができれば、ことば遣いの妙味も味わうことができるというものである。このパターンが意図的に使用されている場合、ある語、句、文を引用するメタ言語*そのものとはいえないが、それを越えた枠組みの引用といえるであろう。

　アリスの流した涙の池でずぶぬれになったものたちに、ネズミがすぐに乾かしてやろう、ともったいぶった教師口調で話

> 'Ahem!' said the Mouse with an important air. 'Are you all ready? This is the driest thing I know. Silence all round, if you please! "William the Conqueror, whose cause was favoured by the pope, was soon submitted to by the English, who wanted leaders, and had been of late much accustomed to usurpation and conquest. Edwin and Morcar, the earls of Mercia and Northumbria—"'

を始める。'Are you all ready?（聞く用意はできているか）、'This is the driest thing I know.'（私が知っている最高の乾物だ）、'Silence all round, if you please!'（ご静粛に）の前振りに続く話は、英語史からの実に無味乾燥なものであった。この話は、ウイリアム征服王のdry《無味乾燥》な歴史の話であり、小難しいことばや入り組んだ構文を振り回して実に堅苦しく、また、無味乾燥な講義風に行われる。話のあまりの味気なさに、たとえ聞くものの心は乾かせても、身体までは乾かせるはずがない。身体を《乾かす》こととはまったく無縁のお話である。最高の《乾物》といっても、形容詞の無味《乾燥な》物と、動詞の《乾燥させる》物とでは、大違いである。同形の品詞の違いをうまく混在させたことば遊びとなる。

　思わず震え声を発したオウムを、ネズミが聞きとがめる。そのやりとりは、まさに教室での生徒と先生そのものである。

　　'I beg your pardon! Did you speak?'
　　（何ですか。何か言いましたか）
　　'Not I!'（私ではありません）
　　'I thought you did.'（君だと思った）

ネズミ先生の歴史の話は実に堅苦しくて無味乾燥な講義なので、オウム生徒の素直な反応と相まって、口調取りが会話全体のもつ皮肉のニュアンスをさらに立体的に盛り上げることになる。

　とうとう続く歴史の話にアヒルが口をはさむ。ネズミの話の中のfound it advisableを聞きつけて、'Found what?'と聞き返す。これはオウム返しに相手の使ったパターンを踏襲しつつ、foundの目的語の位置にくるべきものを疑問詞whatにして聞き返したものである。whatは通常、その箇所に入れるべき語を問うのに使われる。それに対し、ネズミはitと繰り返し、

> 'Ugh!' said the Lory, with a shiver.
> 'I beg your pardon!' said the Mouse, frowning, but very politely. 'Did you speak?' 'Not I!' said the Lory, hastily.
> 'I thought you did,' said the Mouse.

> 'I proceed. "Edwin and Morcar, the earls of Mercia and Northumbria, declared for him; and even Stigand, the patriotic archbishop of Canterbury, found it advisable—"'
> 'Found what?' said the Duck.
> 'Found it,' the Mouse replied rather crossly: 'of course you know what "it" means.'
> 'I know what "it" means well enough, when I find a thing,' said the Duck: 'it's generally a frog, or a worm. The question is, what did the archbishop find?'
> The Mouse did not notice this question, but hurriedly went on, ' " — found it advisable to go with Edgar Atheling to meet William and offer him the crown . . .". . .'

'In that case,'said the Dodo solemnly, rising to its feet, 'I move that the meeting adjourn, for the immediate adoption of more energetic remedies —'
'Speak English!'said the Eaglet. 'I don't know the meaning of half those long words, and, what's more, I don't believe you do either!'And the Eaglet bent down its head to hide a smile: some of the other birds tittered audibly.

わかるだろうと返す。アヒルは、そりゃわかるさ、自分の場合ならカエルかミミズだと答える。[虫の目④]

身体を乾かすのにはまったく役立たないネズミの講義を止めさせるために、ドードーがある提案をする。今度は、会議口調へと口調パターンが変わる。

「吾輩は本会の散会を動議致し、更なる強力なる改善策の即刻の採択を提案致す

虫の目④ itが指すもの

ネズミの答えのitはこの場合、文法的には後に続くto 不定詞を受ける形式目的語であるので、話の途中では実際に文法的にも意味的にも指示対象はまだ出てきていないことになる。質問されてもその時点ではネズミは形式目的語itをくり返すしかないし、それ以上でもそれ以下でもない。そこで、もちろんitはitさ、とアヒルに向かって畳みかける。ところがアヒルは、このitを指示対象をもつものと誤解を重ねる。同じパターンの踏襲で、「自分が見つける時は、itが何かはよくわかる」と、現実の対象としての餌のカエルやミミズをあげて、自分なりにフォローする。

そもそも、後方照応の形式目的語であるitを、アヒルが実際の指示対象をもつ語としてとり違えているところから、すれ違いがおきている。アヒルは対象言語のitととり、ネズミはメタ言語のitで返事をする。このような語のレベルの違いが、実際の発話ではわかりにくいことが、さらに混乱を大きくする。

このくい違いの伏線としては、あまりに無味乾燥で難しすぎるネズミの話の中から、なじみのあることばfind itをアヒルが聞きつけて、ここぞとばかりに質問したという、笑えぬ事情がある。アヒルにすれば、find it は、日頃餌を捕るときによく使うので「わかることば」である。だからこそ具体的なカエルやミミズの話になっていく。ここでは、受け損ねた球を自ら追跡して、勝手に自分で価値観を盛り込むので、話がおかしくなってしまう。

者であります」とドードーがいかめしく宣言すると、小ワシがこのことば遣いに、'Speak English!'（ちゃんとしたことばで話してほしいわね）と抗議する。あまりにも小難しいことばをふりまわすドードーに、自分もわかっていないのではと、ちゃんとしたわかることば、この場合は英語の使用を要求することになる。

コーカスレース

　むっとしたドードーがコーカスレースをしようと言うつもりだった、と返す。コーカスレースなんて聞いたことがないとアリスが尋ねると、説明どころか「やってみるのが一番さ」と言う。コーカスレースには、コースはあるものの、スタートラインもなければ、スタートの合図もない。おのおのが、思い思いに走りたいときに走り、やめたいときにやめる。半時間ほど走って、身体も乾いてきた頃に、突然「レースやめ」というドードーのかけ声で終わりになる。そもそもこれでレースといえるのだろうか。平等な条件下で出来を競ってこそ、違いが出てきて、レースが成立するのであり、自分勝手に好きなようにしていてはらちがあかない。

　ちなみにコーカスは、ガードナーによると、アメリカでは候補者や政策を決めるための党の最高会議、英国では委員会による高度に規律のある党組織の制度を表す。キャロルの使うコーカスレースでは、委員が政治的な利を求めて走り回って落としどころがなくなるのを揶揄するかのように、好き勝手に動き回って堂々巡り(DoDo)の話となっている。

　レースが終わった後、「誰が勝ったの」という質問に対し、ドードーは考えた挙げ句に、'*Everybody* has won, and *all* must have prizes.'（みんな勝ったので、全員にご褒美だ）と答える。レースで全員が勝って褒美をもらうということは、レースという本来差をつけていくものとは相容れないが、ここでは落としどころとして皆が褒美をもらうことになる。そこで、アリスは求められ

るままに、ポケットの中の砂糖菓子を褒美として配った。

　ネズミがアリスにもあげようと言い出す。賞品の贈呈式では、ドードーが決まり文句、'We beg your acceptance of this elegant thimble.'（この優美な指ぬきを御受領ください）でとりしきる。大仰なことば遣いをしているが、賞品は当のアリスが持っていた指ぬきなのである。

　アリスはばかばかしいと思いながら、賞品をもらえば、お礼の挨拶をするのが礼儀であろうと考える。しかしもともと自分のものである指ぬきをもらったら——このこと自体がありえないことだが——はたしてお礼を言わなくてはならないものであろうか。アリスにはわからないので、おじぎでお茶をにごすことにする。

ネズミの尾の上話

　賞品渡しの騒ぎが一段落したあと、一行は再びネズミに身の上話をうながす。アリスもお願いを始めるが、途中で口ごもり、最後にCとDをささやく。

> 'You promised to tell me your history, you know,' said Alice, 'and why it is you hate—C and D,' she added in a whisper, half afraid that it would be offended again.

　CはCatを、DはDogを指す。ネズミのことを思いやって、アリスはあえて天敵を、頭文字のみの伏せ字で声をひそめて会話を進める。CatやDogと単語ではっきり言うと、実体をもった恐怖のネコやイヌとなって、ネズミを怖がらせることになるのを心配したのであろう。つまり、ことばとことばが指し示すものとの関係は、恣意的（arbitrary）であるのに、子供の世界ではリアルにとらえられているのである。

　アリスにうながされて、ネズミが身の上話を始める。ところが、この話をアリスが勘違いしてもつれていく。アリスのyour historyをうけて、大仰にため息とともに自分の話をMineと始める。この文法の照応関係は容易に察しがつくし、また「自分の身の上話は、長くて悲しい話だ」とtaleに言い換えたのもわかるはずである。それ

> 'Mine is a long and a sad tale!' said the Mouse, turning to Alice, and sighing.
> 'It *is* a long tail, certainly,' said Aice, looking down with wonder at the Mouse's tail; 'but why do you call it sad?' And she kept on puzzling about it while the Mouse was speaking, so that her idea of the tale was something like this:—

第3章　ネズミの尾の上話——ねじれていく話

が、目の前のネズミのシッポ (tail) に気をとられているアリスは、このtale/tailという同音異義語を勘違いしてしまう。そして、tailならlongなのはわかるが、ネズミの言うようにどうしてsadなのか、という難問にぶつかる。これは、taleとtailの異綴同音異義性 (homophony) を利用したしゃれとなっている。アリスが詳細にそのtailのどこがsadなのかを調べつつ話を聞いたので、taleがtailの形のようになってしまうという、有名なシッポ文ができあがる。

　シッポに気を取られうわの空で聞いているのをとがめられ、聞いている証拠にどこまで話が進んだのかをアリスが答える。それが、身の上話の内容でなく、シッポの調べのすんだ場所の尾の上話の位置（具体的に、ネズミのtailの曲がり具合の位置）すなわちthe fifth bend（5番目の曲がり目）というものだから、もちろんネズミには通じず、ますます怒らせてしまう。「そんなことはしてネエー！」に「ねじれたのなら私に手伝わせて」と返し、ますます話はねじれていく。その原因は、ネズミが憤慨のあまり、否定のnotを強く発音したためで、さらにアリスは、それをbendの縁語のknot（ねじれ目）と聞き間違えて、bendがknotにまでもつれてしまったと早合点したからである。

　ネズミの'I had *not!*'は、5番目の曲がり目なんかには来ていない (I had not got to the fifth bend.) と言うつもりで、notを強く

'You are not attending!' said the Mouse to Alice, severely. 'What are you thinking of?'

　'I beg your pardon,' said Alice very humbly: 'you had got to the fifth bend, I think?'

　'I had *not*!' cried the Mouse, sharply and very angrily.

　'A knot!' said Alice, always ready to make herself useful, and looking anxiously about her 'Oh, do let me help to undo it!'

　'I shall do nothing of the sort,' said the Mouse, getting up and walking away. 'You insult me by talking such nonsense!'

　'I didn't mean it!' pleaded poor Alice. 'But you're so easily offended, you know!'

否定したものである。ところが、ネズミが'I had *not!*'で強く発音したnotをアリスは名詞のknotととり、それも言うなら冠詞つきの'A knot.'で、ねじれがあると言わなくてはならない、と相手の文法の修正をしてしまう。ここでは、助動詞のhave（got to）と所有の本動詞haveとのあいまいさに、同音異義語（not／knot）の混同が輪をかけて、意味的な脱線をひき起こす。

　さらにアリスが、「knotなら（ねじれたのなら）私に手伝わせて」と親切のつもりで申し出る。ところがこの言い方（let me help to undo it）は、難問（knot）で困っている人を手助けする時の決まり文句であるが、また、文字どおり一度したことを元の状態に戻す（undo）という意味もある。ネズミは、アリスが誤解したとはつゆ知らず、自分はそもそもなにもしていないと言ったはずだから、元に戻すこともないし、そのつもりもない、「ナンセンスなことを言ってばかにするな」と、席を蹴って出ていってしまう。侮辱するつもりなどなかった、とアリスが弁解したところで、これほど続けざまにトンチンカンなことを言われたら、ネズミならずとも、こけにされたと思うであろう。それでもアリスには、ネズミが怒ったわけもわかっていないし、ましてや自分のまいた種とは思いもよらず、話は完全にもつれていく。

　これは、ちょっとした食い違いが、そのまま放置されることにより、そのずれがますます拡大されていったものである。話をねだっておきながら、うわの空で聞いたアリスが悪いのだが、最初の間違いはとにかく、後はそれなりにつじつまのあった思考過程をたどっている。何かおかしいなと思った時点で、突き合わせようとする双方の働きかけがあれば、こうも話がもつれてしまうこともなかったであろう。最後のアリスの 'I didn't mean it.'（そんなつもりじゃなかった）は言い訳の決まり文句ではあるが、この場に及んで、はからずも相手を怒らせてしまったことに対する責任回避のことばを言ってみてもむなしい。

ネズミ去る

　アリスのことばに侮辱されたと思い込んだネズミは、それまで話していた身の上話をやめて、その場を立ち去る。みんなの「もどってき

魚の目② 尾の上話——5番目の曲がり目

ネズミの尾の上話は図形詩（emblematic verse）として有名であるが、この詩の形と内容は、何度も修正を加えられている。下の第1図は最終版から抜粋したものである。

目の前のネズミのシッポに気を取られながら、話を聞いていたアリスに、「お前は真面目に聞いていないな」の容赦ないことばが投げつけられる。聞いている証拠とばかり「5番目の曲がり目に来ているわね」と、アリスはネズミのシッポを見ながら、トンチンカンな答えを言い、相手をびっくりさせる。身の上話の内容でなく、ネズミの「尾の上話」の位置で答えてしまったのである。

ところでこの5番目の曲がり目は、シッポの先の最後の曲がり目となり、話のほぼ終わりに一致する。ネズミの話が、自らも言っているように a long and a sad tale (tail) であることを思い起こせば、話の途中では具合が悪い。したがって内容の上から

```
'Fury said to
 a mouse, That
   he met in the
     house, "Let
       us both go
         to law: I
          will prose-
           cute you.—
            Come, I'll
            take no de-
           nial: We
          must have
         the trial;
        For really
       this morn-
      ing I've
     nothing
    to do."
   Said the
   mouse to
    the cur,
     "Such a
      trial, dear
       sir, With
        no jury
         or judge,
         would
         be wast-
        ing our
       breath."
      "I'll be
     judge,
    I'll be
    jury,"
    said
    cun-
    ning
    old
    Fury:
    "I'll
     try
      the
       whole
        cause,
         and
          con-
          demn
         you
         to
        death'.
```
← 5番目の曲がり目

第1図

「野良犬のFuryが、鼠に家の中で出くわして言った、『二人一緒に出るところへ出よう。おまえを告訴してやる。いやだと言ってもだめだ。どうあっても裁判する。本当に、今朝はなんにもすることがないから。』鼠は野良犬に言う、『旦那、そんな判事も陪審員もいない裁判なんて、ことばの無駄使いさ』　すると、ずる犬は答える、『俺は自分で判事も陪審員も兼ねる。俺が訴訟をとりしきり、お前に死刑判決してやるぞ。』」

も、longとsadに符合し、かつ視覚的にもより洗練されているこの最終版に落ち着いたと考えられる。参考までに、ほかの版のシッポ文をあげておこう。

第2図は『地下』のキャロルの手書きで、シッポの先の文字の並び具合は絶妙である。

「俺たちは、ぬくぬく、るんるん、まるまるとマットの下に住んでいた。でも、悩みはネコだった。それに俺たちの興をそぎ、目にさわり、胸ふたがせるのがイヌだった。ネコがいぬまにネズミは遊ぶ。ところがなんとある日、イヌとネコがネズミ狩りにやってきた。マットの下でぬくぬく、るんるん、まるまるしていた俺たちを一匹残らず、全部ぺしゃんこに踏み潰した。今の話考えてもごらん（俺たち、イヌとネコが好きになれると思うかい）。」

第3図は『不思議』の初版のファクシミリ版、第4図は活字を組みかえた7版（1886）より抜粋したものである。8版（1891）で一旦元に戻ったあと、最終版の曲り目が5つのものに落ち着いた。なお、内容的には、『地下』ではアリスの要求どおりCとDが出てくるが、『不思議』ではCは出てこない。

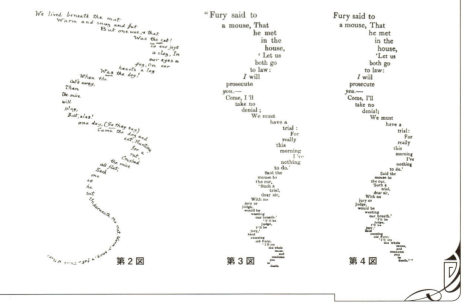

第2図　第3図　第4図

てお話を続けて」の声を振り切り、足を早めて行ってしまう。

　この様子を見てカニは娘に向かって、'Ah, my dear! Let this be a lesson to you never to lose *your* temper!'（お前、いいかい。決してカッとならないように、心しなくてはね）と言う。これは、母親が子供に向かって〈言ってきかせる〉ときに使用される決まり文句である。娘のカニはこのことばの〈説教〉という意図を察知して、うるさいとばかりに、'Hold your tongue, Ma!'（黙ってよ、母さん）とピシャリとやり返す。ちなみに、娘は口の堅いカキを引合いに、'You're enough to try the patience of an oyster!'（お母さんには、カキだって我慢できずに口を出すわよ）と母親の口やかましさを皮肉る。

　アリスが、ダイナがいればネズミを連れ戻してくれるのにと誰にともなく言うと、オウムがダイナは誰のことだと尋ねる。アリスが、ダイナはネズミ捕りの名猫で、鳥も見るや食べると話す。と、一同に衝撃が走り、皆はそそくさと立ち去っていく。カナリヤの母親は'Come away, my dears! It's high time you were all in bed!'（さあ帰りましょう、もう寝る時間ですよ）と決まり文句で、子供たちを追い立てる。アリスは一人取り残され、ダイナのことなど言わなければ良かったのにと泣き出す。と、遠くでパタパタという小さな足音が聞こえた。

　この章では、一見てんでバラバラでまとまりがないコーカスレースから、ネズミとアリスのねじれていく話へと展開していくのに呼応して、めまぐるしく話し方のパターンも変わっていく。

第4章

ぶっ飛ビル

ドタバタのメタ世界

「Ⅳ　ウサギがビルを遣わす」の登場人物とあらすじ

メアリ・アン (Mary Ann)：白ウサギのメイドの名前。
パット (Pat)：白ウサギの下男で、訛りが強い。
ビル (Bill)：白ウサギの下男。Billという名前で出てくるが、のちに正体がthe poor little Lizard (トカゲ) であることがわかる。
子犬 (puppy)：物語の中では、終始小文字のままで登場し、登場人物というよりは、もっとも犬らしく描かれている。名前を呼びつけられて用事をする召使たちが固有名詞をもっているのとは、対照的に扱われている。

アリスは戻ってきた白ウサギにメイドと間違えられ、扇子と手袋を急いで持ってくるように命じられる。白ウサギの家の2階で、鏡のそばに小さなびんを見つける。何かおもしろいことが起こる予感がして、積極的にびんの中身を飲むと、効果はてきめん、アリスは白ウサギの家が窮屈になるほどまでに大きくなる。外では、白ウサギの家の中にいる大きな化け物をめぐって大騒ぎが起き、命を受けたビルが化け物偵察に煙突を下ってくる。アリスが思いっきり蹴っ飛ばしたので、勢いよくビルはぶっ飛んで行って、また騒ぎが起こる。ところが今度は、アリス目がけて投げつけられた小石が、ケーキに変わる。これを食べたアリスは、3インチ (約8cm) にまで縮み、ほうほうの体で森へ逃げ込む。森の中では自分よりも大きな子犬をうまくかわして、その場から逃げる。アリスは、辺りを見回して、自分と同じ背丈の大きなキノコを見つけると、傘の上にはのどかに水ギセルをふかしているイモ虫がいた。

白ウサギのお遣い

　戻ってきたのは白ウサギで、何か捜しながら独り言を言っている。アリスは、すぐに手袋と扇子を捜しに来たとわかり、親切に捜してやるが、辺りはすっかり様変わりしていた。

　驚き、困惑、罵倒などを表す感嘆詞として、Oh dear! Oh, my God! などが使われるが、ここでは言った当のウサギに関係あることばを引き合いに出して一捻り、しゃ

> 'The Duchess! The Duchess! Oh my dear paws! Oh my fur and whiskers! She'll get me executed, as sure as ferrets are ferrets! . . .'

れた表現を作り上げる。強意的な直喩表現*である 'as sure as eggs is eggs' も、ウサギに縁のある ferrets (ウサギ狩用イタチ) ともじる。ウサギには、天敵のイタチは見ればすぐわかる。間違うはずもなく、それほど確かなことだとする。ちなみにⅠ章でも、白ウサギは、'Oh my ears and whiskers, how late it's getting!' と叫んでいた。

　白ウサギは、アリスに向かって、メアリ・アンと呼びかけ、扇子と

> *直喩：比喩表現で、その見立ての関係を明示するもの。たとえば、「お盆のような月」。

手袋を急いで持ってくるように命令する。驚いたアリスは、指図された方向へと駆け出す。人違いだとわかったら驚くだろうが、持ってきてあげるほうがいい、と白ウサギの家にいく。本物のメイドのメアリ・アンに追い出される前に見つけようと、急いで家の2階に上がっていく。

> 'How queer it seems,' Alice said to herself, 'to be going messages for a rabbit! I suppose Dinah'll be sending me on messages next!' And she began fancying the sort of thing that would happen: '"Miss Alice! Come here directly, and get ready for your walk!" "Coming in a minute, nurse! But I've got to watch this mouse-hole till Dinah comes back, and see that the mouse doesn't get out." Only I don't think,' Alice went on, 'that they'd let Dinah stop in the house if it began ordering people about like that!'

ウサギにお使いにやられるなんて大変な（queer）ことである。この調子だと、今度は飼い猫ダイナが私をお使いにやるかもしれない、とぼやくアリスである。さらに続けて、乳母の言うことは聞かずに、ダイナの言いつけを守ってネズミ穴の番をする様子を、直接話法のやりとりで想像する。でも、ダイナが人に命令するようになれば、誰もダイナを家で飼ってくれなくなるのではないか、と現実的に判断をする。

アリスは、2階の部屋のテーブルの上に捜し物と、鏡のそばに小さなびんを見つけた。びんには'poison'という警告も、'DRINK ME'という指示も一切付いていなかったが、何かおもしろいことが起こる予感がして、今回は初めて、大きくなればいいと願って、びんの中身を積極的に飲む。効果はてきめん、半分ほど飲むとアリスはどんどん大きくなっていくので、びんを置く。床にひざまずき、肘をついてかがみ、さらには横になってもまだ成長は止まらず、とうとう片腕を窓から出し、片肘を煙突に突っ込む羽目となる。

二人ごっこ遊び

　ようやく大きくなるのは止まったが、はたしてアリスは、白ウサギの家が窮屈になるほど大きくなり、今度は部屋から出られなくなってしまう。「こんなに大きくなったり、小さくなったり、ネズミやウサギに命令されたりするなんて、これならおうちにいた方がずっとよかったわ」と、ウサギ穴に落ちてきたことを後悔する。とは言いながらも、

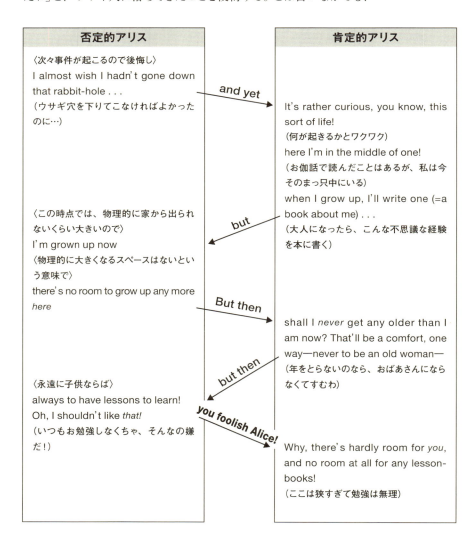

> '. . . I almost wish I hadn't gone down that rabbit-hole—and yet — and yet— it's rather curious, you know, this sort of life!' . . .

「こんな生活、結構変てこじゃない！」と思い直す。ここで、一人で二役ごっこを始める。落胆しきっているアリスと、なんとか奮いたとうとしているアリスの、and yet, but then などを切り換えフレーズとしたかけ合いが始まる。

　grow up《身体が大きくなる》という意味と、《年をとって大人になる》という意味が、しゃれの材料になっている。鏡のすぐそばで見つけたびんの中身を飲んだとたん、アリスはどんどん《身体が大きくなって》家から出られなくなってしまう。みじめな気持ちに陥る自身をふるいたたせ、《大人になったら》不思議な体験を本に書こうと意欲的になるが、すぐにその愚かさに気づく。ここではもうこれ以上大きくなれないから、今より年をとらないということになる。そうなると、おばあさんにはならないということだから、安心は安心である。ところが、困ったことに、そうなるといつまでも勉強しなければならないことになるが、こんな狭い所では勉強はできない。今度はこのgrowを《年をとる》とすりかえて、重層のことば遊びを発展させるが、現実的に落ちをつける。

　ところで、ここでアリスの意識に大きな変化が生じる。白ウサギの家で身動きできないほど、身体が大きくなってしまって、ふとウサギ穴を下りて来なければよかったのにと、後悔の念がよぎる。がそうはいうものの、なんてcuriousかと思わずワクワクしてしまうのを境に、アリスは不思議の国に慣れてきて、down hereという意識はもうなくなる。ウサギ穴を下りた当座は、downという位置の意識があったが、慣れてくるにつれ、そして、そこを肯定的に受けとめることができるようになる。その後、この位置の意識は消えてしまい、不思議の国が当り前になってしまう。このアリスの意識の変化後に、downということばが、現実と夢の区別を表す比喩的意味では使われていないのは、実に示唆的である。

白ウサギの家

　白ウサギが、メイドの名前を呼びながら、階段をパタパタ上がって

来るのが聞こえる。思わず震えあがったアリスが、家を揺るがす。しかし、アリスが大きくなりすぎて、中から肘でドアを押しているものだから、ドアはあかない。窓から回ろうという声に、「そんなことさせるものですか」と思って、耳をすまして外の様子を伺う。ウサギが窓の下辺りにきたとき、アリスは窓から手を伸ばしたが、空をつかんでしまう。悲鳴とともにガチャンと大きな音がする。どうやら、びっくりしたウサギがキュウリの温床に落ちてガラ

鳥の目⑤
downの落とし所

『不思議』で使用されている単語すべてをコンピュータで抽出して、多く使われる単語順で並べてみると、downは36番目で、その数は99例となる。この99例を内容にまで立ちいって読んでみると、通常の用法以外に、意識的に使われているdownの一群が浮かび上がってくる。それは、99例中20例で、方向性と目的地を示す「地下へ・地下の国へ」と「地下の国で」を表す。しかもこれらの語が使用される章は、物語の前半のⅠ章からⅣ章にかけて片寄っている。

これをその前後を含めた形で表示する（右図）。これをコンコーダンス（concordance）というが、語形とは無関係に当該の語の前後の一定字数を含んだ形なので、語や文の境界とは関係なく表示される。

Ⅰ章では、アリス自らが地下の国へ落ちていくところに、downがよく使われている。つまり「地下の国へ」のdownである。地下の国にたどり着いたアリスは、慣れぬ国でのさまざまな経験に、こんな国に来なければと後悔しきりである。

Ⅱ章においてもやはりdownが検索される。ところがⅠ章とは異なり、Ⅱ章のdownは、地上の国から誰か、あるいはアリス自らが、地下の国にいるアリスを見てという視点のdownへと変わる。つまり「地下の国という下にいる」という意味のdownである。

Ⅱ章後半からⅢ章になると完全に、「ここ地下の国では」という意味のdown（here）になる。

Ⅳ章のdownは、自分が地下の国にいるということをしばらく忘れていたアリスが、思い出して地下の国へ下りてこなければよかったのにと後悔するのに使用される。

'Now tell me, Pat, what's that in the window?'
 'Sure, it's an arm, yer honour!' (He pronounced it 'arrum.')
 'An arm, you goose! Who ever saw one that size? Why, it fills the whole window!'
 'Sure, it does, yer honour: but it's an arm for all that.'

スを割ったようである。このあたりからは、部屋の中で身動きできないアリスは、聞こえてくる音や声を手掛かりに、外の様子をうかがうしかないのである。

　白ウサギが下男のパットを呼んでいる声が聞こえる。パットは、リンゴを掘っていると答え、ウサギが怒ってことば返しをする。

　窓にあるのは何かとウサギが尋ねると、

N	Concordance		File
1	I. Down The Rabbit-hole ALICE was beginning to get		01ALI.TXT
2	after it, and fortunately was just in time to see it pop down a large rabbit-hole under the hedge. In another		01ALI.TXT
3	large rabbit-hole under the hedge. In another moment down went Alice after it, never once considering how		01ALI.TXT
4	about stopping herself before she found herself falling down a very deep well. Either the well was very deep,		01ALI.TXT
5	very slowly, for she had plenty of time as she went down to look about her, and to wonder what was		01ALI.TXT
6	the top of the house!" (Which was very likely true.) Down, down, down. Would the fall never come to an		01ALI.TXT
7	of the house!" (Which was very likely true.) Down, down, down. Would the fall never come to an end? "I		01ALI.TXT
8	house!" (Which was very likely true.) Down, down, down. Would the fall never come to an end? "I		01ALI.TXT
9	to ask: perhaps I shall see it written up somewhere." Down, down, down. There was nothing else to do, so		01ALI.TXT
10	perhaps I shall see it written up somewhere." Down, down, down. There was nothing else to do, so Alice		01ALI.TXT
11	I shall see it written up somewhere." Down, down, down. There was nothing else to do, so Alice soon		01ALI.TXT
12	of milk at tea-time. Dinah, my dear, I wish you were down here with me! There are no mice in the air, I'm		01ALI.TXT
13	you ever eat a bat?" when suddenly, thump! thump! down she came upon a heap of dry leaves, and the		01ALI.TXT
14	, I've made up my mind about it; if I'm Mabel, I'll stay down here! it'll be no use their putting their heads		02ALI.TXT
15	down here! it'll be no use their putting their heads down and saying "Come up again, dear!" I shall only		02ALI.TXT
16	if I like being that person, I'll come up: if not, I'll stay down here till I'm somebody else"--but, oh dear!		02ALI.TXT
17	burst of tears, "I do wish they would put their heads down! I am so very tired of being all alone here!" As		02ALI.TXT
18	speak to this mouse? Everything is so outof-the-way down here, that I should think very likely it can talk:		02ALI.TXT
19	in a melancholy tone. "Nobody seems to like her, down here, and I'm sure she's the best cat in the		03ALI.TXT
20	by mice and rabbits. I almost wish I hadn't been down that rabbit-hole--and yet--and yet--it's rather		04ALI.TXT

　落ちていった先の地下の国で次から次へと不思議な体験をするアリスは、最初のうちこそ、地下の国に戸惑い、あるいは下りてきたことを後悔するものの、そのうち不思議の国での身の処し方を会得し、むしろ積極的に不思議の国を楽しむところまでいく。そこで冒険の始まりの辺りで絶えず現れた、方向性のみならず目的地の「地下へ・地下の国へ・地下の国で」を表すdownは、物語のIV章以降ではまったく使われない。

　物語は、主人公のアリスが懐中時計を持った白ウサギのあとを追って、ウサギ穴を落ちていくことから始まるが、どんどん地下の国へと落ちていくことにより、読者は現実世界から夢の国へと誘われていく。現実から夢の世界へ、地上の世界から地下の世界へと誘うときに、downという単語が重要な語として働いているのである。

第4章　ぶっ飛びビル──ドタバタのメタ世界　63

パットは訛って答える。yer（your）、あるいはカッコの中で arrum と綴られているように [r] を巻き舌でひどく振動させて発音して答えた。急を要する事態なのに、なんと間延びした答え方であろうか。窓には腕にしてはあまりにも大きい異物が見えるのにびっくり仰天している白ウサギとは対照的に、慌てず騒がず腕（arrum）と見抜き、のんきな口調で答えるパットである。

　それなら取り除けという白ウサギの命令に、沈黙が続き、その後押し問答が続く。そこで、アリスが再び手を伸ばして空をつかむと、二人の叫び声とガラスの割れる音が聞こえた。そのうち、車輪のきしむ音と大勢で何かガヤガヤと話をする声が聞こえてくる。

「もう一つのハシゴはどこだ？―だって一つだけ持ってこればよかったんだ。ビルがもう一つ持っているし―ビル、ここへ持ってこい！―この角にたてかけろ―いや、先につなげろ―半分にも届かぬ―いやそれで充分、細かいことを言うな―ほれビル！ロープを持って―屋根は大丈夫か―スレートのゆるんだところに気をつけろ―あー落ちてくる、頭を下げろ！」（ガチャン）「誰がやったんだ？―ビルだろ―だれが煙突を下りるんだ？―おれはいやだ、お前がやれ―そんなこといやだ―ビルが下りるんだ―ほれ、ビル！旦那様がお前に下りろと言ってられるぞ」

'Where's the other ladder? — Why, I hadn't to bring but one. Bill's got the other—Bill! Fetch it here, lad! — Here, put 'em up at this corner—No, tie 'em together first—they don't reach half high enough yet—Oh, they'll do well enough. Don't be particular—Here, Bill! Catch hold of this rope—Will the roof bear?—Mind that loose slate—Oh, it's coming down! Heads below!' (a loud crash)—'Now, who did that?—It was Bill, I fancy—Who's to go down the chimney?—Nay, I sha'n't! *You* do it!—*That* I wo'n't, then!—Bill's got to go down—Here, Bill! The master says you've got to go down the chimney!'

　どうやら白ウサギの家の中にいる〈化け物〉偵察にビルが選ばれたようで、ビルは長いハシゴを嫌々ながら登って、煙突を下ってくる模様である。そこでアリスは思いっ切りビルを蹴っ飛ばすと、なんとビルは勢いよくぶっ飛んでいってしまった。介

　The first thing she heard was a general chorus of 'There goes Bill!' then the Rabbit's voice alone — 'Catch him, you by the hedge!' then silence, and then another confusion of voices — 'Hold up his head — Brandy now — Don't choke him — How was it, old fellow! What happened to you! Tell us all about it!'

抱されながら弱々しい声で事の顛末を話している声がアリスの耳に届く。

(一斉に)「ぶっ飛ビル！」
(ウサギの声)「抱き留めろ、垣根の所の奴」
(沈黙)
(口々に)「頭を持ち上げろ―ブランディを―喉をつまらせるな―どうだった？何が起こった？話してくれ！」

ここでは、外の様子をアリスの耳にしたことばや音だけで描写する。異口同音 (a general chorus) から喧々囂々 (another confusion of voices) へと変化する様が、英語特有の名詞表現を使って十把一絡げにして描かれている。さらに、身動きできないアリスに合わせて、読者が共体験できるように技巧をこらして、その場の緊張感を盛り上げる。この場合、外の様子の客観的な記述と区別して、それをどうアリスが判断するのかを区別する。たとえば、弱々しい声に対しては、カッコの中に入れて、('That's Bill,' thought Alice.) と判断する。ところが、家を燃やそうと言う白ウサギの声に、'If you do, I'll set Dinah at you!' と、思わずアリスは叫んでしまう。口をついて出る独り言は、他の物音とともに自身の耳にも入るので、カッコには入らない。

アリスの叫び声で外はたちまち静まり返り、逆にアリスは次にどう出てくるのか心配になる。しばらくして聞こえてきた白ウサギの「まずは手押し車一杯分でいい」(A barrowful will do, to begin with.) に、アリスは 'A barrowful of *what?*' と思う間もなく、小石が雨あられと飛んでくる。と、アリスめがけて投げつけられた小石が、ケーキに変わる。

第4章　ぶっ飛ビル――ドタバタのメタ世界

鳥の目⑥ メタ言語の世界

　この世の真ん中にあるのは、何だろうか。このなぞなぞの答えは、「この世」の真ん中にある文字「の」である。これは、ことば遣いについて聞いているものなので、この世の真ん中にあるものを実際に思い浮かべる必要もない。問題となるのは、「この世」ということばそのものの構成であり、このことばが指示するものではない。これは、普段はあまり意識していない言語のレベルの差を利用したなぞなぞである。

　日常の言語生活では、言語外の事象をその指示対象とする、いわゆる対象言語（object language）のレベルを使っている。しかしときには、さらに高次の言語の世界すなわち、語そのものが指示対象となる、メタ言語（metalanguage）のレベルを使うこともある。このメタ言語は、対象言語そのものをその指示対象とするので、その対象言語が指す対象とは直接関係しない。

　私たちは、普通は対象言語の形式を借りたメタ言語を意識することもなく、二つのことばのレベルを暗黙の内に認識して、会話を行ったり、書かれた文を理解したりしている。と同時にそれを逆手にとって、なぞなぞを作ったり、しゃれたりしてことばをあやつる。メタ言語は厳密にはメタ言語で語られなければいけないが、よほどの例外（たとえば論理学の世界）を除いては通常、対象言語に紛れて語られる。ときには、引用符などの使用によって言語レベルの相違が明示されることもあるが、ほとんどの場合レベルの相違は明示されず、あるいは無視され使われることが多いので、なぞなぞの種になる。（以下、下線は筆者）

Pat: Sure then I'm here! Digging for apples, yer honour!
Rabbit: (angrily) <u>Digging for apples</u>, indeed!

　日本語では、これを「りんごを掘ってますだ、旦那様」「『りんごを掘ってますだ』だと！」というふうに、ことばのレベルの差を明示することが多い。ところが英語では、レベルの差を明示しないでそのまま引用することが多い。勝手な語句の入れかえはできない不透明表現*となる。白ウサギのことばは、パットのことばをそのまま引用し、indeed!でそれに対する感情を表現している。このように、メタ言語であるが、対象言語とのレベルの相違を引用符などによって明示化していない例は、『不思議』にはたくさんある。メタ言語と対象言語の混在する文が、文全体をどのように活性化しているか、また、意識的な混在で、いかに私たちを惑わせているのかをいくつかの例で見てみよう。語の意味をねじって対象言語の中に潜在化したメタ

> *不透明：メタ言語や間接話法の that 節の中の部分は、原話者のことばなので勝手に言い換えることのできない不透明（opaque）なものである。たとえば、He said that 2^4 is less than 15. の 2^4 を同値だからといって勝手に 16 に変えることはできない。

言語が、ときには、どうして笑いを誘う要因になるのか、などの巧妙なことば操作も併せてみてみよう。

引用語句が何をその指示対象としているかによって、大きく、ことば返し、ことわざ取り、ことば先取りと三つに分けて考えてみよう。

① ことば返し―おうむ返し

相手のことばをそのまま、あるいは一部をおうむ返し的に引用する場合である。その際、話し手の感情も含めて繰り返す場合がある。次の例では、you goose という感情表現を付け加え、「『腕』だなんて、とんでもない」ということになる。

> Pat: Sure, it's an arm, yer honour! (He pronounced it 'arrum.')
> Rabbit: <u>An arm</u>, you goose! Whoever saw one that size? Why, it fills the whole window!

次章のイモ虫との会話においても、ことば返しがあげ足取りの形で連発され、アリスをうんざりさせる。

② ことわざ取り

格言、ことわざなどがそのまま、あるいは一部修正引用されて発されたとき、これらは、新しい文において他の文とレベルを異にする。

> King: Don't be impertinent, and don't look at me like that!
> Alice: <u>A cat may look at a king</u>. I've read that in some book, but I don't remember where. (VIII)

'A cat may look at a king.' は、続くアリスのことばからも、何かからの引用であると推察できる。日本語では、「ネコでもキングを見ることができる、というじゃないですか」と、レベルが異なるということを、明示化する表現がつくことが多い。ところが英語では、対象言語の中にとけ込んで、あたかも対象言語であるかのようにふるまうことがある。このことわざでは、身分の卑しい者でも、貴人の前で、それ相当の権利を有するということをいうのに、ネコを引き合いに出す。ところが、『不思議』の現実の場面が、このことわざの知的意味どお

第4章 ぶっ飛びビル――ドタバタのメタ世界

りの状況、すなわちチェシャ猫の話となっているため、実に場面にはまった、おもしろい引用となっている。引き合いのつもりで出したネコが、そのままこの場にいるチェシャ猫の話となる。

③ことば先取り

対象言語に紛れ込んでいる引用語句は、何も前言のみに限られることではない。相手がこれから述べようとすることばを先取りして述べることは、日常会話の中で普通にみられることである。

Pigeon: A likely story indeed! I've seen a good many little girls in my time, but never *one* with such a neck as that! No, no! You're a serpent; and there's no use denying it. I suppose you'll be telling me next that <u>you never tasted an egg!</u> (V)

アリスを嘘つき大蛇と決めつけるハトが、アリスの新たな嘘を先取りして穿ったことを言う。「(こんなに嘘をつくんだから) おそらく次は『卵を食べたことがない』と言うんだろう」と。ここでは、I suppose you'll be telling me next that 〜と先取り表現の常套文句を使って、you never tasted an eggというアリスのことばを先取りしたつもりである。感嘆符付きで感情をむき出して、その先取り部分をあげつらうのである。

物語のおもしろさの一端をメタ言語が担っているが、レベルの違うことばの混在する文で、どの語が、句が、節が、他とレベルを異にしているか、またその指示対象を特定化し、立体構造を知ることにより、作者のとぎすまされた言語意識を感じることができる。とくに前発言を指示対象とする語の意味をわざと取り違えて、メタ言語扱いにするやり方は、重層的なことば遊びにつながっていく。

なお、相手のことばを引用するということは、そのことばに対する話し手の意識の表れに他ならない。引用する表現は不透明で手を加えられないので、ことばに対する話し手自身の意識は、時には否定的、あるいは軽蔑などの感情として響かせることになる。

今回、アリスは確信する。このケーキを食べれば、必ず大きさが変わる。これ以上大きくなるはずはないから、小さくなるに違いないと。結果は上々。白ウサギの家のドアを通るぐらいの3インチにまで縮み、家の外に出る。外では、トカゲのビルを小動物が取り囲んでいて、アリスの姿を見るや追いかけてくる。アリスは、慌てて森の中に逃げ込む。

子犬

森の中でアリスは、まずは元の大きさに戻って、それからあの美しい庭に入る方法を見つけなくてはと思う。とてもきっちりすっきりした計画であったが、どう始めたら良いのかわからない。とその時、頭上に小さな鋭い鳴き声が聞こえたので、急いで顔をあげた。それは、自分よりも大きな子犬であった。大きな丸い目をした子犬が恐る

第4章　ぶっ飛ビル──ドタバタのメタ世界　69

恐る恐る手を出してくるので、アリスは、'Poor little thing!'と、はるかに大きな子犬に向かって猫なで声で話しかける。しかし、子犬とはいえ自分よりもずっと大きいので、食べられるのではないかと恐くなり、投げた棒きれを取りに行かせている間にその場から逃げる。

　ちなみにこの子犬の初出は、an enormous puppyであるが、他の登場人物とは異なり、the puppyから大文字化されることもなく代名詞itで終わってしまう。『不思議』で擬人化される他の動物とは一線を画して、もっとも犬らしく描かれている。棒切れで遊ぶようすも生き生きと細かく描写されている。アリス本人も、'And yet what a dear little puppy it was!'と愛情を込めて振り返るほどである。「ぜひ芸当も教えてやりたかったわ、私さえちゃんとした大きさだったら」と言ったところで、元の大きさに戻らなければならないことを思い出す。

　アリスは、何かを食べるか飲むかをすれば元の大きさになるけれど、その「何か」がわからない('but the great question is 'What?')と自問する。それを受けて、地の文でThe great question certainly was 'What?'と繰り返される。辺りを見回したアリスは自分の背丈と同じくらいのキノコを見つける。キノコの下、両側、後ろを見た後、思いついてキノコの上を見た。そこには、腕を組んで、悠然と水ギセルを吸っている大きな青いイモ虫(a large blue caterpillar)がいた。アリスと目があっても、イモ虫は気にも留めない。

第5章

おまえは誰じゃ？／おまえは大蛇！

かみあわない話

> **「Ⅴ　イモ虫の忠告」の登場人物とあらすじ**
>
> イモ虫（Caterpillar）：大きなキノコの上で水キセルをふかしながら、アリスをはぐらかすような話し方をする。身体の大きさを変えることのできる不思議なキノコをアリスに教えてくれる。
> ハト（Pigeon）：不思議なキノコをかじって、ろくろ首の大女になってしまったアリスを、自分の卵を盗りにきた大蛇と間違えて、ひと悶着を起こす。
>
> いきなりイモ虫の「おまえは誰じゃ？」から会話が始まり、アリスはなんとか話を続けようと苦労する。イモ虫となかなかかみ合わない話をしたあと、アリスは身体を大きくしたり小さくしたりできるキノコを教えてもらい、試行錯誤をくりかえす。そのうちに、大きくなって首が大蛇のようにくねくねとなってきて、ハトから「おまえは大蛇！」と天敵のserpent（大蛇）扱いされる始末である。

イモ虫から「おまえは誰じゃ？」

　白ウサギの家をほうほうの体で逃げ出したアリスは、キノコの上で水ギセルをふかしているイモ虫と出会う。このイモ虫との問答は、すぐに話が一方的に中断され、なかなか続かない。

　しばらく見合ったあと、イモ虫が 'Who are you?'（おまえは誰じゃ？）と切り出す。これは、会話の始まりとしては、あまり具合の良いものではない。おまけに、当のアリスは、朝起きた時は自分が誰かわかっていたものの、それ以降何回も身体の大きさが変わってしまったものだからわからない、とおずおず答える。その要をえない答えぶりに業を煮やして、'Explain yourself!' とイモ虫が言う。その「自分の言いたいことをはっきり言え」を、自分に自信のないアリスは、文字どおり《おまえのことを説明しなさい》と解釈をする。yourselfの強意的用法を再帰的に考えたのも、自分が一体誰になったかと悩むアリスの状況からは理解できる。この発言を利用し、yourselfは自分のことであるからmyselfと置きかえて、アリスは

> 'Who are *you*?' said the Caterpillar.
> This was not an encouraging opening for a conversation. Alice replied, rather shyly, 'I—I hardly know, Sir, just at present—at least I know who I *was* when I got up this morning, but I think I must have been changed several times since then.
> 'What do you mean by that?' said the Caterpillar, sternly. 'Explain yourself!'
> 'I ca'n't explain *myself*, I'm afraid, Sir,' said Alice, 'because I'm not myself, you see.'
> 'I don't see,' said the Caterpillar.

'I ca'n't explain *myself*.'（私自身のことをはっきり説明できない）としどろもどろに答えて、さらに「私は私自身でないのでね」(because I'm not myself, you see) とまで付け加える。そのことばじり (you see) を文字どおりにとらえて、イモ虫が 'I don't see.'（（おまえがおまえ自身でないとは）見えねぇ）と返す。イモ虫は、相手の同意を求めるつなぎことばの you see《だって～ですからね》を、本来の文字どおりの《あなたのご覧のとおり》と解釈したので、目の前にいるアリスがアリス自身であることを否定したことには同意できないのである。ここでは、多義性を利用したことば遊びが、その場の視覚的な状況と絡み合って、思いもかけないおもしろさを醸し出している。アリスとイモ虫の対話では、このようなつなぎことばの意味を、あえて文字どおりにとることがよく行われる。

さらに「自分でもよくわからないし、何度も変わって、訳がわからない」と言えば、'It isn't.'「そのうち、サナギやチョウになれば、あなただって大変 (queer) だということがわかるでしょうね」と言えば、'Not a bit.' にべもない。

身体が大きくなったり小さくなったりしたことで自分を見失っているアリスと、チョウに変態するイモ虫とでは、身体の大きさの変化に対する感覚がまったく違う。変態を queer とみるかみないかという、対照的な形で出てくる。「あなたの感じとは違うかも知れないが、私にとっては大変 (it would feel very queer to me)」と少し譲歩すれば、「おまえにとってだって！そう

'Well, perhaps you haven't found it so yet,' said Alice; 'but when you have to turn into a chrysalis—you will some day, you know—and then after that into a butterfly, I should think you'll feel it a little queer, wo'n't you?'

'Not a bit,' said the Caterpillar.

'Well, perhaps *your* feelings may be different,' said Alice: 'all I know is, it would feel very queer to *me*.'

'You!' said the Caterpillar contemptuously. 'Who are *you*?'"

Which brought them back again to the beginning of the conversation. Alice felt a little irritated at the Caterpillar's making such *very* short remarks, and she drew herself up and said, very gravely, 'I think you ought to tell me who *you* are, first.'

'Why?' said the Caterpillar.

第5章　おまえは誰じゃ？／おまえは大蛇！——かみあわない話　73

いうおまえは誰じゃ」とばかりに 'You! Who are *you*?' とイモ虫が返す。アリスのことばの me を問題にしその人称を you に変えたうえで、'Who are *you*?' が出てきて、話はふり出しに戻る。'Who are *you*?' のイモ虫のことばで始まった会話は、スムーズに運ばない。

　イモ虫のあまりのぶっきらぼうさにアリスはきっとなり、「まず、自分こそ名乗るべきだわ」と逆襲すれば、'Why?' ととりつくしまもない。イモ虫のあまりの機嫌の悪さに退散しようとする。ところが、イモ虫が「戻っておいで、大事な話がある」(Come back! I've something important to say!) と言うので、アリスは期待して戻ってみると、「怒るな」(Keep your temper.) と言われる。思わずかっとなったのをみすかされたうえに、その怒らせた張本人から怒るなと説教される。大事な話というものの、そんな説教をするためにわざわざ呼び戻したのかと、また腹が立ってくる。やっとのことで怒りを飲み込んで、「それだけ？」と聞けば 'No.' と返事。

　長い沈黙のあとに、「それで、自分が変わってしまったと思うというのかね」(So you think you're changed, do you?) と話がやっとつながり、アリスは、'I ca'n't remember things as I used—' (知ってたものも思い出せなくなった) と嘆く。するとイモ虫は、'Ca'n't remember *what* things?' と、アリスのことばをほぼおうむがえしにくり返しつつ、疑問詞 what を挟んでさらに新たな情報を要求する。

　そこで詩の暗唱ができなくなったことを話すと、イモ虫は別の詩 '*You are old, Father William*' の暗唱を求める。実際に暗唱してみせると、'That is not said right.'（正しくない）と言われて、'Not *quite* right, I'm afraid, some of the words have got altered.'（全部ではないものの some は違っているかも知れない）と言えば、'It is wrong from beginning to end.'（徹頭徹尾間違っている）と決めつけられ、またもや話がとぎれる。

　イモ虫がやっと口を開いて、「どのくらいの大きさになりたいのか？」と聞いたので、'Oh, I'm not particular as to size, only one doesn't like changing so often, you know.'（大きさというよりは、こうたびたび変わるのがいやなのでね）とアリスは答える。と、そのことばじりを文字どおりにとらえて、'I *don't* know.' とやり返してく

る。話の間を整えるためのつなぎことば、たとえば、you see や you know などは、実質的な意味を失って形骸化した、話の筋とは直接関係せず、まともに受け答えをしなくてもいい部分である。むしろ語用論的には、これは黙って受け流し、聴者は話者の言いたい内容に直接つながりをつけていくべきである。ところがこれを、わざと文字どおりにとって、話の流れを中断させる。

アリスは、だんだん腹が立ってくるのが自分でもわかる。「今のままでいいのか？」に、「3インチではあまりにひどいから、もう少し大きくなりたい」と答える。イモ虫がすくっと立ち上がると、ちょうど3インチなので「ちょうど良いのだ」と言い返してくる。「でも慣れてないもの」とアリスが弁解すれば、イモ虫は「すぐに慣れるさ」と言って再び水ギセルをふかす。

> Then it got down off the mushroom, and crawled away into the grass, merely remarking, as it went, 'One side will make you grow taller, and the other side will make you grow shorter.'
> 'One side of *what*? The other side of *what*?' thought Alice to herself.
> 'Of the mushroom,' said the Caterpillar, just as if she had asked it aloud; and in another moment it was out of sight.

今度はアリスが辛抱強く待っていると、イモ虫はキノコから下りて、去りぎわに 'One side will make you grow taller, and the other side will make you grow shorter.' と教えてくれる。ところが、one side and the other という連言形式をとってはいても、何の one side か言ってくれないものだから、アリスは 'One side of *what*? The other side of *what*?' と困ってしまう。その困惑ぶりを見透かしたように、イモ虫は、おもむろに 'Of the mushroom.' と言って、姿を消す。

ところが、まんまるいキノコでは、どうしてどっちがどっちか (And now which is which?) と決められるのか。one side と the other を連言することにより、さも親切そうには聞こえるが、決定の手がかりを与えないままでは、実に不親切と言わざるをえない。さまざまな異様な体験をしてきたアリスは、考えた末に用心深く、できるだけ両腕を延ばしてキノコをちぎる。右手のキノコを試しに少しかじってみると、たちまちあごが足につかえてしまった。まるで筒型望遠鏡をすっかり折り畳みこんでしまったような格好である。どんどん縮んで行くのに慌てて、もう一方のキノコを何とか口に放り込み、切り抜ける。

第5章 おまえは誰じゃ？／おまえは大蛇！──かみあわない話

このイモ虫との会話は、最後にきてやっとイモ虫がアリスの意をくんでくれる。それ以外は、会話の口火はイモ虫で切られ、アリスのことばの詰まりで、一連の対話が中断するというパターンである。あまりにぶっきらぼうな受け答えで会話のきっかけをつぶしたり、つなぎことばを文字どおりにとっては談話の流れをそらしたりして、アリスを惑わせる。徹頭徹尾イモ虫にふり回されるが、最後にやっと助言をもらえた。そしてそれは、イモ虫に会う直前のアリス自身の疑問（I suppose I ought to eat or drink something or other; but the great question is 'What?'）の 'What?' に対する、まさにどんぴしゃりの答えでもあった。

詩の暗唱

　先ほどのアリスが暗唱した詩についても考えてみよう。詩の暗唱を間違うことはよくあることだが、それを始めから終わりまで全部（ここに概念としての数量詞 all が見受けられる）間違えたら、論理的にはまったく別物の詩を暗唱したことになってしまう。ところが、少なくとも暗唱しようとした意図をくんで、元の詩という点からみると、およそ本物とは似ても似つかぬものであろうと、日常的には容認可能であろう。ただしかなりの減点は免れえないので、イモ虫の誇張的な言い方に発展することにもな

る。現にアリス自身も、少し前ではイモ虫に 'Well, I've tried to say "*How doth the little busy bee*," but it all came different!' と告白している。 ものは試しに '*You are old, Father William*' を暗唱してごらんとイモ虫に命令され、案の定、出てきたのはオリジナルとは似ても似つかぬ文句であった。

'You are old, Father William,' the young man said, 　And your hair has become very white; And yet you incessantly stand on your head 　Do you think, at your age, it is right?' 'In my youth,' Father William replied to his son, 　'I feared it might injure the brain; But, now that I'm perfectly sure I have none, 　Why, I do it again and again.'	ウイリアム父さんに息子が聞く 　「父さん　髪も真っ白で歳なのに ひっきりなしに逆立ちしてる 　その歳でそんなことしていいのかね」 ウイリアム父さんが答えるに「若い時には 　脳みそによくないと思ったけれど 脳みそないとはっきりわかった今は 　やってやってやりまくるのさ」

（オリジナル）

You are old, Father William, the young man cried,
　The few locks that are left you are grey,
You are hale, Father William, a hearty old man,
　Now tell me the reason, I pray.

In the days of my youth, Father William replied,
　I remember'd that youth would fly fast,
And abused not my health and my vigour at first,
　That I never might need them at last.

　オリジナルはサウジー（Robert Southey）の '*The Old Man's Comforts*' である。オリジナルでは、老年の慰めはどのようにして得られるのかと次から次へと問う若者に、Father William（ウィリアム師）は、まず青春はあっと言う間に過ぎ去ってしまうものであるから、自分は体力も気力もみだりに使わず、何をするにも先のことまで考え、しかも常に神とともにあったと教訓を垂れる。
　ところがパロディでは、この老いてなお、かくしゃくたるFather Williamならぬ、老いてなお、ぎくしゃくとばかなまねをするFather

William（ウィリアム父さん）と息子のナンセンスな問答となる。やたら体力も気力も使いまくり、なにをするにも後先考えずに、せつなに生きる父さんである。教訓詩「蜂」のパロディ詩「ワニ」と同様に教訓的なもの、まじめなものへの反発、揶揄、風刺が聞こえてくる。使われることばは多少似ていても、言わんとすることは価値逆転のパロディである。

「おまえは大蛇！」

キノコの効用がわからないまま右手に持っている方を食べてみると、アリスはあごが足につっかえる。あわててもう片方を口に押し込む。ここで、アステリスク3行が入る。

頭がやっと自由になったと喜んだのも束の間、逆にぐんぐん身体が大きくなって、肩が見えなくなってしまう。長い長い首がはるか下の緑葉の海から突き出ているように見える。あの緑は何か、自分の肩や手はどこへ行ったのか見えないと言いながら、アリスが動かしてみると、下の緑葉がかすかに揺れるだけである（ここでも my shoulders と my hands が you, them へと変化する）。手が頭まで上がらないのならと、頭を下げてみると、なんと大蛇のように首が自在に動かせた (to find that her neck would bend about easily in any direction, like a serpent)。ここでさりげなく、伏線がひかれる。首をきれいにくねらせながら、葉の中に飛び込もうとしたとき、その葉は先程までいた森の天辺だということがやっとわかった。と、シューッという鋭い音が聞こえ、思わずたじろいだ。

それは、ハトが「大蛇！」と叫びながら、翼で

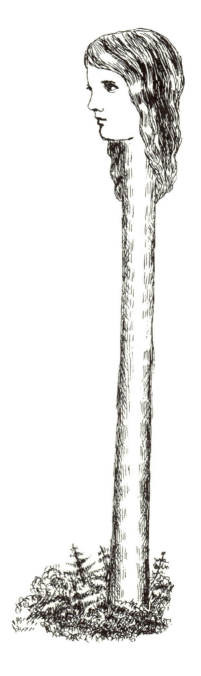

アリスの顔を思いっきりたたいている音であった。キノコを食べて身体、とくに首が長く伸びてしまったアリスをハトが、卵を狙う天敵の大蛇と決めつける。ハトに大蛇呼ばわりされたアリスは、'I'm *not* a serpent!' と言い返すと、'Serpent, I say again!' とさらに攻撃してくるので、言い返すすべもなく、ハトの怒りが去るのをただ待つばかりである。ハトは、卵を守るためさんざん苦労してきたと言って、'but those serpents! There's no pleasing them!'（大蛇ったら。もうこれでいいなんてことはないんだから）と叫ぶ。親の常套文句「この子たちったら、これでいいなんてことないんだから」にオーバーラップして発話される。しかもこのとき those serpents と客観的な記述になっているが、実際はアリスを指す。これは、特定の子を指しているにもかかわらず、えん曲に「今どきの子ときたら…」という叱り方をするのと同じ原理である。

卵を大蛇から守るためこの三週間一睡もしていないと言う苦労話を聞いて、やっと事情がのみこめたアリスはハトを慰める。なおも苦労話を聞かされたあとも、やはり 'Ugh, Serpent!' と決めつけられてしまう。

> 'But I'm *not* a serpent, I tell you!' said Alice. 'I'm a—I'm a—'
> 'Well! *What* are you?' said the Pigeon. 'I can see you're trying to invent something!'
> 'I—I'm a little girl,' said Alice, rather doubtfully, as she remembered the number of changes she had gone through, that day.
> 'A likely story indeed!' said the Pigeon, in a tone of the deepest contempt. 'I've seen a good many little girls in my time, but never *one* with such a neck as that! No, no! You're a serpent; and there's no use denying it. I suppose you'll be telling me next that you never tasted an egg!'

アリスは大蛇ではないと反論を始めるものの、自分のことで言い淀む。すかさずハトは「じゃあ何なのさ、嘘でも言うつもりか」と畳みかける。そこでアリスが、今日起こったことを思い出しながら、苦し紛れに自分は a little girl《少女》だと答える。自分のことを人間とは言わずに、ごていねいにも事細かに少女だと答えた。そこでハトから、やっぱり大嘘つきの大蛇だと逆襲される。実際 7 才の少女であっても大きな身体になってしまったアリスの現状からみて、《小 (little) 女》と言ったのでは、a likely story indeed!（ホント、よく言うわ！）と一蹴されてもしかたない。ハトは、そんな長い首の大女である小女は見たことがないので、そんなことを言うおまえは嘘つきの大蛇に決まっている

と言う。嘘の続きで次には、卵なんて食べたこともないとでも言うつもりだろう、と見透かしたようなことを言う。ちなみに、大蛇が嘘つきというのは旧約聖書のアダムとイブ以来の常識であるが、反論するアリス自身の自信のなさに、ハトは不信を深めるばかりである。

　7才のアリスが「私は、少女なのよ」と言い張っても、この時のア

虫の目⑤ 少女は大蛇か

　アリスがいくら自分が大蛇でないと言っても、そのろくろ首の姿（右の『地下』の挿絵参照）では説得力に欠ける。アリス自身も自信はないものの、少女 (a little girl) だと苦し紛れに言うと、すかさず本物の嘘つきの大蛇だと皮肉られる。おまけにアリスは自分も卵を食べたことがある、と正直にも告白して、ますますハトは確信を深めてしまう。アリスの、少女だって卵を食べるという抗弁に対して、ハトはそれならやはり大蛇の一種 (a kind of serpent) だと反論し、決定的となる。ここで問題は、いみじくも「お前が小さな女の子であろうと大蛇であろうと、私に何の関係があるのだ」とのちにハトが言ったように、ハトは〈卵をねらう〉という点で大蛇か否かを断じていることがわかる。アリスの考える少女と大蛇の名称の対立ではないのである。したがって、その姿といい、卵を食べると告白したことで、アリスは大蛇呼ばわりされてしまうし、通常の少女だとしても同じ扱いになってしまう。ところがアリスは、生卵は嫌なので yours（あなたの卵）は要らない、と特定的に断言してやっと疑いが晴れ、解放されるのである。

　その判断の推移を表にまとめてみよう。現在のアリスは少女からはかけ離れていて、主張すればするほど嘘つきの大蛇だとなり、最後の1点を除いてほぼ大蛇と一致する。この点が実はハトの考える焦点だったので、卵は卵でもハトの生卵は食べないと明言し

		大蛇	現在のアリス	少女
外見	ろくろ首	○	○	×
	大きな身体	○	○	×
性格	嘘つき	○	○	×
食性	卵を食べる	○	○	○
	ハトの生卵を食べる	○	×	×
結論	天敵	○	×	×

リスは大蛇のように長い首をもった、とても〈小女〉とは表現しがたい〈大女の子〉に変わっているので、ハトは決してアリスの言い分を認めようとしない。ここで、コンテクストに支えられてしゃれが成立している。つまり、本来ならしゃれにならないはずが、特殊なコンテクストの影響を受けてしゃれになった場合であるが、ハトにすれば

て難を逃れた。結果的に、大蛇と一線を画すことに成功し、天敵ではなくなったのである。

このように、ハトにとっての「大蛇」が、〈卵を食べる天敵〉その１点に絞られていることがわかる。つまり、「大蛇」を意義素的に分解していけば、ハトの論では〈卵を食べる天敵〉が一番言いたい主張部となる。したがって、アリスもその範ちゅうに入るという、常軌を逸したことになる。自分の利害関係に引きずられて、普通は属性の一つにすぎない〈卵を食べる〉を固定して、「大蛇」とする。極論すれば、ハトにとっては、自分の卵を狙って食べる敵の総称として「大蛇」といっているだけといえよう。言われたアリスにしてみれば、大蛇と同類扱いなんて心外である。

ハトは、問題は自分の卵であって、アリスが少女であろうが大蛇であろうが、そんな名称など問題ではないとまで言い切る。ちなみに、eggsは、ハトにとっては餌として狙われる意図対象として特定的な(my) eggsであるが、アリスの場合は、あくまで食べ物

の任意の一種であり、しかもハトの卵でなければならないことはない。したがって、「生卵は食べないから、あなたの卵 (yours) はいらない」と言ったとたん、ハトの強引な主張はキャンセルされるのである。

ハトの言い分では、勝手に名前の指示対象を拡大して卵を食べようと狙う敵すべてを大蛇と呼ぼうとしたために、卵を食べるというだけで危うく少女も大蛇になってしまうことになる。これは、アリスにとってはとうてい聞き捨てならないことである。

ちなみに、アリスにとっては卵は調理してから食べるものである。

しゃれにもならない話である。

　ところが正直にもアリスは「卵を食べたことがある。少女も大蛇と同じように卵を食べるわ」と告白して、さらに話がこじれていく。卵を食べるという言質をとって、ハトは、それなら結局は大蛇と同じと、自分の正しさを主張する。卵を探しているのなら、おまえが少女であろうと大蛇であろうと関係ない、とハトが言うので、アリスは自分にとっては大事なことだと反論する。続けて、卵を探していないし、生卵は好きではないので、あなたの卵はいらない、と言ってやっと解放される。[虫の目⑤]

　ハトから解放されたアリスは、首が枝にからまったりしたものの、不思議なキノコを食べ分けて、いつもの身長に戻る。そのときのかえって慣れないようなアリスの違和感は、strangeと表現される。これは、あえてstrangeを使うことで、本来の身長でさえ、そうとは感じられなくなった、つまり正常が正常と受け入れられなくなった違和感をきわだたせて、皮肉な効果をもつ。

　元の大きさに戻ったので、次に美しい庭にどうしたら入れるのかを考えていると、広場に出た。そこには4フィート（約122 cm）ほどの小さな家があり、アリスはキノコをかじって9インチ（約27 cm）に身体を調節する。

> 'I *have* tasted eggs, certainly,' said Alice, who was a very truthful child; 'but little girls eat eggs quite as much as serpents do, you know.'
> 'I don't believe it,' said the Pigeon; 'but if they do, why then they're kind of serpent: that's all I can say.'
> This was such a new idea to Alice, that she was quite silent for a minute or two, which gave the Pigeon the opportunity of adding. 'You're looking for eggs, I know *that* well enough; and what does it matter to me whether you're a little girl or a serpent?'
> 'It matters a good deal to me,' said Alice hastily; 'but I'm looking for eggs, as it happens; and, if I was, I shouldn't want *yours*: I don't like them raw.'

> It was so long since she had been anything near the right size, that it felt quite strange at first; but she got used to it in a few minutes, and began talking to herself, as usual, . . .

第6章

トンでもない豚児
変身話

「Ⅵ 豚とコショウ」の登場人物とあらすじ

従僕（Footman）：公爵夫人の従僕は蛙、クイーンの従僕は魚の顔をしているが、従僕らしくそれぞれかつらと制服を身につけている。

公爵夫人（Duchess）：特徴的な口をした'the Ugly Duchess'がテニエルの挿絵のモデルといわれている。

赤ん坊（baby）：公爵夫人の腕の中で泣きわめいている赤ん坊は、アリスに預けられて、腕の中で豚に変身してしまう。

料理人（cook）：いつまでたっても the cook のままで固有名詞化されない。手当り次第ものを投げつけるなど不機嫌で、のちに裁判の証人に呼ばれても、たった二言、にべもない。

チェシャ猫（Cheshire-Cat）：キャロルの時代によく使われた to grin like a Cheshire cat の比喩的な言い方から逆成された。公爵夫人がアリスに 'It's a Cheshire-Cat.' と教えるまでは、cat は小文字ででてくる。つまり、cat は普通名詞であったのが、Cheshire を冠することで一人前に扱われて、大文字の Cat となる。ちなみに、初版の物語では、アリスと会話を始めると大文字の Cat となり、ことばが理解できる相手として取り扱われ、固有名詞化されている。

キノコを食べて9インチになったアリスが、小さな家に近づいていくと、制服を着た従僕たちが招待状のやり取りをしている。この家は公爵夫人の家であることがわかり、その中に入っていくと、料理人のせいでコショウだらけであり、赤ん坊を抱いた公爵夫人はしきりにクシャミをしている。そばにはチェシャ猫もいる。公爵夫人は、赤ん坊をアリスに預けて出かける。このまま家に残しておくことを不安に思ったアリスは、赤ん坊を外へ連れて出る。そのうち赤ん坊は、アリスの腕の中で豚に変身してしまう。ばからしくなったアリスは豚を手放す。そのあと、先ほどのチェシャ猫が木の上に現れたので、道を尋ねる。その後、猫はだんだんと姿を消していき、ニヤニヤ笑いだけがしばし残る。

従僕の論理――中に入るには

制服を着ていなければ魚に見える従僕が、家のドアをたたくと、蛙のような顔をした制服姿の従僕が出迎えた。どちらも粉をかけたカールだらけのかつらをつけていて、アリスは興味しんしんである。

魚と蛙の従僕の間で交わされるやりとりは以下である。

'For the Duchess. An invitation from the Queen to play croquet.'

'From the Queen. An invitation for the Duchess to play croquet.'

相手のことばの語順を少し変えただけの、おざなりな表現にみえるが、情報上の焦点からみれば端的で理にかなっている。つまり、

'Please, then,' said Alice, 'how am I to get in?'

'There might be some sense in your knocking,' the Footman went on, without attending to her, 'if we had the door between us. For instance, if you were *inside*, you might knock, and I could let you out, you know.' He was looking up into the sky all the time he was speaking, and this Alice thought decidedly uncivil. 'But perhaps he ca'n't help it,' she said to herself; 'his eyes are so *very* nearly at the top of his head. But at any rate he might answer questions. —How am I to get in?' she repeated, aloud.

'I shall sit here,' the Footman remarked, 'till to-morrow—'

. . . .

'—or next day, maybe,' the Footman continued in the same tone, exactly as if nothing had happened.

'How am I to get in?' asked Alice again, in a louder tone.

'*Are* you to get in at all?' said the Footman. 'That's the first question, you know.'

It was, no doubt: only Alice did not like to be told so. "It's really dreadful,' she muttered to herself, 'the way all the creatures argue. It's enough to drive one crazy!'

The Footman seemed to think this a good opportunity for repeating his remark, with variations. 'I shall sit here,' he said, 'on and off, for days and days.'

But what am *I* to do?' said Alice.

'Anything you like,' said the Footman, and began whistling.

発信人の使いである従僕にとっては受信人（For the Duchess.)、受信人の従僕にとっては発信人（From the Queen.)が焦点ということが、受信人と発信人を入れ替えた単純な表現に見事に反映されている。ところが、お辞儀をしたときに、お互いのかつらが絡まってしまった。従僕たちの大仰な制服姿や真面目くさった口調との落差から、その様子を見たアリスは思わず声をだして笑ってしまい、慌てて身を隠す。

アリスが戻ると、蛙の従僕だけが座って空を見上げている。アリスがそっとノックすると、従僕が声をかけてくる。アリスに対しノックしても無駄だと言って、二つの理由をあげる。まず自分はアリスと同じ側にいるし、第二に家の中がうるさいのでノックしても中にいる者には聞こえないと。確かに家の中から途方もない騒音が聞こえてくる。わめき声やクシャミに、皿ややかんといったものが粉々に割れるような音が混じる。

そこでアリスは，どうやって入ったらいいの（How am I to get in?）と尋ねると、従僕が答える。「二人の間にドアがあれば、ノックする意義もあるもんだ。たとえば、もしあなたが中にいてノックをすれば、自分がドアを開けて外に出してあげよう」と言う。

蛙の従僕が終始空を見上げているのは失礼だけど、目の位置が頭の頂上にあるので仕方がないことだとアリスは思って、同じ質問を再び声に出して繰り返す。従僕は明日までここにすわっている（I shall sit here till tomorrow)ことになると言ったとたんに、急にドアが開いて大皿が飛んでくる。危うく頭をかすめ後ろの木に当たって粉々になっても、従僕は気にせずまるで何事も起こらなかったかのように、おそらく次の日まで (or next day, maybe)と続ける。そこで、アリスはさらに声を強めて同じ質問を繰り返す。それに対して、従僕は「そもそも入らないといけないのか」(*Are* you to get in at all?)と、そもそも論から始める。この質問にうんざりしているアリスに対して、従僕はほぼずっと座り続ける (I shall sit here, on and off, for days and days)と言い募る。アリスの質問の声が大きくなるのに対応して、従僕の居座り宣言もますます強調されていく。アリスが、「この私はどうすればいいの」(But what am *I* to do?)と尋ねると、従僕は「お

鳥の目⑦
ノックの意味

ノックするアリスに向って、従僕は、「二人の間にドアがあればノックする意味もあるもんだ。たとえば、あなたが家の中にいてノックをすれば、自分がドアを開けて外に出してあげよう」と言う。実際には二人ともドアの同じ側にいるので、ノックすることの意味はないと言ったつもりである。

ところが、アリスが中に入るには、まずはノックをしてドアを開けてもらう必要がある。従僕の言うようにアリスが中にいるのなら、もう目的を達成したことになり、ノックする必要はなくなる。〈中にいてノックする〉という条件の下で〈ドアを開ける〉が成立するというような言い方をしているが、すでに〈中にいる〉のなら、〈ノックをする〉ことも〈ドアを開けてもらう〉こともな

い。アリスは、中に入りたいからノックするのであり、ノックすること自体が目的ではない。そこで、アリスは従僕の応答の含意を取り損ねて、同じ質問を繰り返す。

これに対して、従僕は同じ側にいる自分はずっとここにいると明示的に返事する。それに対して、アリスは中に入る手段を再々度質問する。このアリスの発言 (How am I to get in?) は、入り方を尋ねるときの常套手段である。このように言うからには、中に入りたいと思っているはずであるが、その意図までにはふれずに、それを満たすための手段としての〈入り方〉を尋ねている。無論、動機、意図、手段と段階をふんで行くのが本来のやり方であろうが、語用論的には、手順の省略化から、動機にまで

好きに」(Anything you like) と言って、口笛を吹き始める。アリスは、話にもならない(perfectly idiotic) 従僕と話しても無駄、と自らドアを開けて中に入っていく。

公爵夫人の家で

　ドアをあけると台所であった。真ん中に、赤ん坊を抱いた公爵夫人が座っている。料理人がコショウを振りかけながら大鍋をかき回していて、空気中にもコショウが充満していた。クシャミをしていないのは、料理人と猫だけであった。

　猫が耳から耳まで大口をあけて笑っている (grinning from ear to ear) ので、恐る恐るアリスは 'Please would you tell me why

さかのぼらなくともよいこともある。つまり、はっきり言わなくても、手段を問えば、動機や意図は前提されるという慣習的な含意が生じる。ところが、その含意を無視して、従僕は 'Are you to get in at all?' (そもそも入らないといけないのか) と根底から尋ね返す。その前提に疑いをさしはさむことにより、相手の話の腰を折ってしまう。これでは、話は一からやり直しである。

　アリスの方も、実を言えば、ただ中に入りたいと思っただけで、こう正面きって聞かれると困惑してしまう。それほど入りたくもないのに入り方を聞いたところを、突かれたからである。語用論的には、言わずにすませられるところをほじくられた上に、さらにアリスが使った 'be to' のパターンを、

そのまま返されているだけに痛いところである。相手の言外の発話の意図をくんでこそ、話の流れが円滑になるはずなのに、この始末で、結局アリスは自らドアを開けて入ることになる。

　従僕は、お客のノックに応対するその職業柄か、出入りよりは、手段のはずのノックを重視する。なにも従僕に会いに来たのではないので、彼が外にいようと関係ないはずである。従僕は、外にいる状態でノックに応じてドアを開けて応対することを果たそうとして、本末転倒の論を展開する。

　お互いが相手の含意をよくわからないまま畳みかけていくので、アリスの質問の声と従僕の居座り宣言の声はますます大きくなるばかりである。

第6章　トンでもない豚児——変身話　87

your cat grins like that?'と公爵夫人に尋ねると、'It's a Cheshire-Cat, and that's why. Pig!'という答えが戻ってくる。夫人がPig!（豚児）とあまりにも強く言ったので、アリスは驚くが、すぐに赤ん坊に向けたものであるとわかった。

猫の名前が 'to grin like a Cheshire cat' という当時の表現から由来したにしても、アリスの問に答えたとはいえない。当然アリスも 'I didn't know that Cheshire-Cats always grinned; in fact, I didn't know that cats *could* grin.' と、そもそも猫が笑うのかと疑義を呈する。公爵夫人はそれをあっさり 'They all can, and most of 'em do.' と受け流したあと、アリスの遠慮がちな反論 'I don't know of any that do' に追い打ちをかけるように 'You don't know much, and that's a fact.'（よくものを知らん、ということ）と決めつける。同じような表現のカウンターパンチを受け、アリスは話題を変えようとする。なんとか話の糸口をつかもうとしていると、料理人が手当たり次第にものを投げつけ始めたので、アリスは思わず注意をする。

まず、アリスの使ったことば（Oh, *please* mind what you're doing!）のmindの注意喚起に対して、公爵夫人が 'If everybody minded their own business, the world would go round a deal faster than it does.'（お節介しなきゃ、この世もうまくまわるのに）と言い返す。自分のことに専念して、他人のことに口出しするようなお節介をしなければ、世の中うまくいくのだ、と注意したアリスを暗にたしなめかえした。

公爵夫人の 'the world would go round'（世の中はうまくまわるのに）という

'Oh, *please* mind what you're doing!' cried Alice, jumping up and down in an agony of terror. 'Oh, there goes his *precious* nose!', as an unusually large saucepan flew close by it, and very nearly carried it off.

'If everybody minded their own business,' the Duchess said, in a hoarse growl, 'the world would go round a deal faster than it does.'

'Which would *not* be an advantage,' said Alice, who felt very glad to get an opportunity of showing off a little of her knowledge. 'Just think what work it would make with the day and night! You see the earth takes twenty-four hours to turn round on its axis—'

'Talking of axes,' said the Duchess, 'chop off her head!'

ことばを聞きつけて、アリスは《地球の自転》のことと早合点して、知識を見せびらかす好機とばかり、ハッスルする。なお、このときの公爵夫人の the world は《世間で起こる物事》とずらして表しているのに、アリスはこれを文字どおり《地球》の意味にとってしまい、さらに go around との組み合わせで地軸の話にそれていく。地軸（axis）中心の自転の話をアリスがし始めると、公爵夫人はわざと axis によく似た音の axes（斧）を持ち出して、うるさいとばかりに 'Talking of axes, chop off her head.'（斧と言うなら首をちょん切れ）と強引にアリスの話の首を切ってしまう。確かに、axis の複数形 axes[æksi:z] と ax の複数形 axes[æksiz] は、非常に音が似かよってはいるが、かなり強引なしゃれといえる。

　自転が 24 時間という話に、公爵夫人は数字は嫌と言って、赤ん坊を乱暴にゆすって子守唄を歌い始める。

Speak roughly to your little boy, 　And beat him when he sneezes: He only does it to annoy, 　Because he knows it teases. 　　　　CHORUS (in which the cook and the baby joined):— 　　　Wow! Wow! wow! ．．．．．．．．．．．．．．．．．．．．．．．．．．． I speak severely to my boy, 　I beat him when he sneezes; For he can thoroughly enjoy 　The pepper when he pleases! 　　　　CHORUS 　　　Wow! wow! wow!	かわいい坊やにゃ手荒く話せ 　クシャミをしたらぶったたけ いらいらさせるとわかってて 　わざとやってるんだから 　　　コーラス （料理人と赤ん坊が加わって） 　　ワー！ワー！ワー！ 私しゃ坊やにきつく言う 　クシャミをしたらぶったたく コショウは気が向きゃ 　存分に味わうさ！ 　　　コーラス 　　ワー！ワー！ワー！

　　（オリジナル）
　　　Speak gently!　It is better far
　　　　To rule by love than fear;
　　　Speak gently; let no harsh words mar

The good we might do here!

Speak gently! Love doth whisper low
　The vows that true hearts bind;
And gently Friendship's accents flow;
　Affection's voice is kind.

Speak gently to the little child!
　It's love be sure to gain;
Teach it in accents soft and mild;
　It may not long remain.

　オリジナルは、ベイツ（David Bates）作の 'Speak Gently' である。最初の2連で、恐怖ではなく愛情をもって speak gently であれと謳う。それ以降は、さまざまな人を対象に、人生の厳しさにあっての優しいことばによる対処法を説く。具体的に第3連で子供が対象となり、短い子供時代には優しい言葉で話しかけよと説く。さらに、若者、年寄り、貧者、罪人などが続く。オリジナルと『不思議』の詩の最初のことば 'speak gently – speak roughly' からして相反する単語が見られる。オリジナルのもつ人生の厳しさに束の間の優しさを与えることを茶化し、厳しさには当然厳しさをとパロディ化する。オリジナルの「手荒くするのはダメ」は、パロディでは「手荒くするに限る」と大逆転となる。

　こうして、コショウだらけの公爵夫人の家の中で、夫人のおそろしい子守歌が始まる。クシャミとコショウの関係はわかっているのに、コショウだらけの部屋でクシャミをするなと無理な注文をつけるのである。最後にはアリスに赤ん坊を投げてよこす。

赤ん坊か豚か

　公爵夫人の家の中は、コショウだらけで、料理人と猫以外のものは、クシャミをしていた。公爵夫人が抱いている赤ん坊などは、クシャミはするは泣きわめくはで、一瞬たりとも静かにしていなかった。アリスが抱くことになった公爵夫人の赤ん坊は、腕の中で、泣き声も顔もなんと本物の豚になってしまう。［虫の目⑥］

ちなみにアリスは、'If it had grown up, it would have made a dreadfully ugly child: but it makes rather a handsome pig, I think.'（あのまま大きくなったら、ひどくみにくい子になったでしょうに。豚なら、まだましな方だけれど）と言う。さらにアリスは、実際に自分の知っている子で豚になったほうが救われる子を思い浮べ、豚に変わる方法さえわかればよいのにと思う。

チェシャ猫の論理

アリスは、公爵夫人の家にいたチェシャ猫が木の上にいるのを見つけて驚く。猫は相変らずニヤニヤ笑いをしていて、機嫌よさそうだが、敬意を払って丁寧に道を尋ねる。このときのアリスは猫を怒らせると恐ろしいので、大変注意深く、相手の様子をうかがいながら、まさに猫なで声で、Cheshire-Pussと話しかける。

'Would you tell me, please, which way I ought to go from here?'
　'That depends a good deal on where you want to get to,' said the Cat.
　'I don't much care where—' said Alice.
　'Then it doesn't matter which way you go,' said the Cat.
　'—so long as I get *somewhere*,' Alice added as an explanation.
　'Oh, you're sure to do that,' said the Cat, 'if you only walk long enough.'
　Alice felt that this could not be denied, so she tried another question. 'What sort of people live about here?'
　'In *that* direction,' the Cat said, waving its right paw round, 'lives a Hatter: and in *that* direction,' waving the other paw, 'lives a March Hare. Visit either you like: they're both mad.'

アリスの「ここからどう行けばよいのか、教えていただけませんか？」(Would you tell me, please, which way I ought to go from here?) という道を聞く決まり文句には、行き先が明示されていないので、チェシャ猫も「それは、君の行きたいところによる」(That depends a good deal on where you want to get to.) としか言えない。しかし次のアリスの*somewhere*を強調した言い方から、アリスの聞く道が、具体的な指示対象はないにしろ、少なくともあるイメージ—こんな所ではない、どこか—があると推察できる。ところが、猫は、アリスのその意図もしくは期待感を察してやらずに、somewhereということばをあくまで論

理的にとらえて、「どんどん行ってりゃ、そりゃどこかへは行くさ」(Oh, you're sure to do that, if you only walk long enough.)と、通り一遍の非特定的な応答をする。

そもそも道を聞くという発話的動機には、積極的にどこそこへ行きたい、そうでなければ、消極的ながらともかくこの場を離れたい

虫の目⑥ 豚児の変身

赤ちゃんから豚への変身話が、擬音語や表現を使い分けたり、含みを持たせたりすることにより見事に描かれている。

公爵夫人の家では、料理人が大鍋にやたらとコショウをふりかけている。したがって、最初公爵夫人の腕の中で抱かれていた赤ん坊は、コショウだらけの空気の部屋の中でクシャミをしたり泣きわめいたりしている。この鼻を刺激するコショウがきっかけとなって、おもに鼻息を中心にした擬音語が使い分けられ、赤ん坊が豚に変身していく。その間、アリスと赤ん坊をめぐる状況も変化するにつれて、アリスは赤ん坊に疑念を抱くようになる。その点を鼻を使った擬音語を中心に、アリスの反応とともに簡単に見てみよう。

sneeze	ハックションとクシャミをする
snort	シューシュー鼻息を荒げる
grunt	ブーブー鼻を鳴らしてなく
sob	クスンクスンすすりなく

初めbabyは、公爵夫人の腕の中にいたが、クシャミをしたり(sneeze)泣きわめいたり(howl)する声しか聞こえず、その様子はアリスからよく見えない。料理人が手当たり次第にものを投げつけ始め、あたりは大混乱となる。鍋が飛んできたので、「この子の大事なお鼻がとんでしまうわよ!」(Oh, there goes his *precious* nose!)と注意するアリスのことばには、babyを人間の赤ちゃんと信じて疑っていないことがうかがえる。さらに突然公爵夫人が'Pig!'(豚児)と叫んでも、それがbabyに対して言ったとはとっさにはわからなかったほどである。この何気ない呼びかけのことばが、これからの変身話の伏線となる。その後公爵夫人は乱暴にbabyを揺さぶりながら子守唄を歌うが、その歌詞にはmy boyやheということばが使われている。と突然アリスに向かって、「ほら!ちょっと抱いてもいいわ!」(Here! You may nurse it a bit, if you like!)とitを使って言いながら、babyを投げてよこす。

公爵夫人から投げ渡されたbabyはシューシュー鼻息を荒げ(snort)、身体を二つ

ということが考えられる。標準解釈の〈どこそこへの道を聞く〉ではないということがわかった時点で、再解釈し、そのコンテクストでsomewhereを考えなければならない。ところが、猫はsomewhereの〈存在の前提〉という語義を文字どおりに使っているだけで、これはアリスの質問に対する適切な応答にはなっていない。アリスにしてみれ

折りにしたり伸ばしたりして動くので、アリスは持て余す。したがって、大変な格好 (a queer-shaped little creature) や「まるでヒトデみたい」(just like a star-fish) と思う程度で、しっかりと観察する余裕はない。右耳と左足を持って何とか持てる (hold) ようになって、一緒に家の外へ出る。それは、このままではthis childを連れ出さないと殺されかねないと思ったからである。アリスが「そのまま残しておいたら殺人にならないかしら」(Wouldn't it be murder to leave it behind?) と勝手にbabyを連れ出した言い訳を、murder（殺人）ということばを使って言う。この段階では、アリスはまだbabyだと思っているのである。

すると、なんとgruntで答えが返ってきた (the little thing grunted in reply)。「ブーブー言うんじゃありません」(Don't grunt.) とたしなめるアリスに対して、またgruntが返ってくる (The baby grunted again)。このときの擬音語grunt（ブーブー鳴く、〈不平を〉ブーブー言う）をpigの鳴き声の反響ととるか、babyの不平を訴える声の象徴ととるかで違ってくる。アリスにしてみれば、もしbabyなら勝手に連れ出したことへの不平表明ともとれ、pigの鳴き声と解するほうが都合がいいことになる。この頃からbaby説が揺らぎ始める。

そしてこの〈なき〉声の後で、アリスが初めてその顔を覗き込むと、まさにその鼻は上を向き過ぎていてsnout（豚の鼻）のようであったし、目もbabyにしてはあまりにも小さくなってきている。いよいよ視覚的にもpigと考えざるを得なくなる状況となる。それでもなお、ただsobしているだけだと思い直して、目を覗き込んでみても涙はなかった。ここでアリスが「もし豚になるのなら」(If you're going to turn into a pig) とpigということばを始めて口にする。pigになるなら知りませんよと冷たく言い放つと、それに対する反応をthe poor little thing sobbed again (or grunted, it was impossible to say which) と、ここでsobかgruntかよくわからないと、変身説を支えるような注釈が入る。

ば、このような単なる建前の論理だけではすまない、現実味を帯びた情報がいるのである。建前で押しとおされたらもうしかたがない。

　ちなみに、初版では、goではなくwalkが使われている。walkはあてもなくできるが、goには運動の方向性が含まれる。したがって、goの方が、この問答におけるずれがよりはっきりするといえよう。

　アリスがどうしたものかと考えていると、またもや激しくgruntする（it grunted again, so violently）。顔を覗き込んで、今度は「正真正銘の豚」（it was neither more nor less than a pig）だと確信する。となると運ぶ（carry）のもばからしくなって、腕から下ろしてしまう。

　このような音の仕掛けに符合するかのように、babyの扱い方を表す動詞は、nurse, hold, carryへと、人間から動物扱いへと変化していく。その上、babyを指すのにthe poor little thing（幼気な子）などの変奏表現（variation）を使うことで、指示対象が人間なのか豚なのか、を次第にあいまいにしていく効果をもたらしている。さらに言えば、人間であっても赤ん坊はitで受けることができる。このように、文体的に擬音語と変奏表現を駆使してbabyからpigへの変身が無理なく記述されていくのである。そして、そもそもの原因が、惜しげもなくふりまかれるコショウによるクシャミであり、激しくクシャミをすると顔つきまで変わってしまうという、素直な感覚に沿った変身でもある。

　このようにpigと決まれば、アリスは腕に抱いて運んでいるのもばからしくなって、地面に下ろす。すると、pigは4本足でトコトコ歩いて（trot）森の中に入って行ってしまう。新たなる擬音語の使用で変身話に終止符が打たれるのである。

　最後に、babyかpigかで揺れるアリスの見方の変化を、鼻を使った擬音語と状況の変化でまとめておこう。

状況　　　　　　　　見方	baby 説	?	pig 説
公爵夫人の腕の中	sneeze & howl		
アリスの腕の中		snort or grunt	
アリスはまじまじ見る	sob	grunt	
アリスは顔を覗いて確信			grunt violently

しかたなく、アリスは質問をかえ、周辺の住民のことを尋ねる。ところが、猫が教えてくれた帽子屋（Hatter）と三月ウサギ（March Hare）のどちらの方へ行っても、二人ともmadであると言われ、アリスは困ってしまう。選択肢のあるような言い方をしていても、その実どちらもmadというのでは、選びようがない。

mad people の所には行きたくないというアリスのことばを受け、チェシャ猫が、自分もアリスもここにいるものは皆 mad だからどうしようもないという。アリスがびっくりして、どうしてそうだとわかるのかと聞くと、「そうでなきゃ、こんな所に来やしない」（You must be or you wouldn't have come here.）と言う。

> 'And how do you know that you're mad?'
> 'To begin with,' said the Cat, 'a dog's not mad. You grant that?'
> 'I suppose so,' said Alice.
> 'Well, then,' the Cat went on, 'you see a dog growls when it's angry, and wags its tail when it's pleased. Now I growl when I'm pleased, and wag my tail when I'm angry. Therefore I'm mad.'
> 'I call it purring, not growling,' said Alice.
> 'Call it what you like,' said the Cat.

納得できないアリスは、次にチェシャ猫のことに話題を移して尋ねても、イヌのことにかこつけて、自分もmadだと平然と言う。[虫の目⑦]

猫は、クローケー場でまた会おうと言って姿を消したが、突然現れて赤ん坊のことを尋ねる。豚になったと言うアリスのことばを聞いて、また姿を消して、再び木の上に姿を現す。そして、アリスにpigかfigかと確かめる。

> 'Did you say "pig", or "fig"?' said the Cat.
> 'I said "pig",' replied Alice; 'and I wish you wouldn't keep appearing and vanishing so suddenly: you make one quite giddy!'
> 'All right,' said the Cat; and this time it vanished quite slowly, beginning with the end of the tail, and ending with the grin, which remained some time after the rest of it had gone.
> 'Well! I've often seen a cat without a grin,' thought Alice; 'but a grin without a cat! It's the most curious thing I ever saw in all my life!'

消えたり現れたりする、かの有名なチェシャ猫は、超能力的にアリスの答えもわかっているのではないかと思われるが、よく似た音（pig/fig）でしゃれることによって、姿を現し、ことば遊びを楽しんでいる風情である。とうとう、アリスが眼がくらむから、そう何度も急に（suddenly）消えたり現れたりしないで、と頼む。今度はその願いどおりに、ゆっくりと（slowly）消えて行ってくれる。ところがその消え方は、なんとシッポの端から順次消え始める（beginning

第6章　トンでもない豚児――変身話

with ~, and ending with ~)。「急に」の反対は、「ゆっくりと」ではあるが、それのみならず猫はさらにシッポの端から「段階を踏んで」消えていくのである。身体もすっかり消えたあとには、ニヤニヤ笑いだけがしばしの間残る。それに対しアリスは、a cat without a grin は見たことがあるけれど、a grin without a cat なんてこれまで見たなかで一番変てこなものだと思う。[虫の目⑧]

このチェシャ猫との問答では、敬意を表さなければならないと思った相手が、なんと自ら mad であると告白する。なにかちぐはぐな問答も、嘘つきのパラドックスよろしく mad だという落ちがついた。その出所からしてあやしげな猫は、この話の大前提をつき崩すことで、どんなことも許される。猫の論は、〈道の問答〉でもわかるようにそれなりの真理の一面を突いているだけに、アリスをふりまわす。当

虫の目⑦　ネコはイヌか

アリスは、チェシャ猫になぜ自分が mad だとわかるの、と聞き返したところ、猫は下図のような論理の連鎖で結論を導く。

まず、イヌの性質を述べた命題Pをアリスに正しい（True）と認めさせる。続けてイヌの習性について検証してみた命題Qを主張する。ところが、自分について検証してみた命題Rでは、その2種の感情の表現が逆になって、おかしくなってしまう。そこで、結局自分は、命題Qひいては命題Pの範疇に入らないと考える。したがって、命題Sのように mad なものと結論づけてしまうのである。P、Q、Rの命題が経験的に真理値（T）をもつなら、結局命題Sも真となるとチェシャ猫は言うのである。

なるほど、P、QとRの妥当性はそれぞれ、アリスならずとも認めざるを得ない。しかし、それはあくまで別個に成立する命題で

命題P（T）： イヌは、mad でない
命題Q（T）： イヌは、怒るとうなり、うれしいとシッポを振る
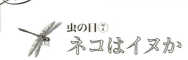
命題R（T）： 然るに、俺は、うれしいとうなり、怒るとシッポを振る
命題S（T ?）： ゆえに、俺は mad である

初から相手に注意を払っていたアリスにできることと言えば、それは、話題を変えること、ある意味、論を戦わせることなく退散することである。

アリスは、猫が教えてくれた二人のうち、三月ウサギの方へ行こうと決心する。というのも、今は5月なので繁殖期の3月は過ぎているから、それほどmadでもないだろうと思ったからである。三月ウサギの家は、耳の形の煙突、毛皮ぶきの屋根ですぐにわかった。キノコをかじって、家につり合った2フィートの身体になってから、帽子屋の方に行ったほうがよかったかもと思いながら、恐る恐る近づいていく。

あり、Qに適用できないからといって、短絡的に結論Sを導くことはできない。怒るとうなり、うれしいとシッポを振ることとmadでないこととの必然性はないし、ましてや逆に反応しても必ずしもmadであることの保障はない。しかもイヌと同じ俎上に載せる「俺」は実はネコであり、本来まったく関係ないものであるし、習性が異なってもなんら不思議はない。そういう意味でも、この猫の論法は結局、無茶苦茶なものであることは明瞭である。

したがって、アリスも論法自体には反論せず、イヌはウゥーとなる (growl) にしても、ネコの場合はゴロゴロのどを鳴らす (purr) と言うものだ (*I call it purring, not growling.*) と、ことば遣いの問題に転換し、メタ的手法で対処したのである。アリスは、論自体のばかばかしさを正面切って指摘するより、論の道具立てを批判することで論を崩そうとした。しかし、猫はそれに対して、'Call it what you like.' とことば遣いは個人の裁量であると軽くいなす。

ところで、この論はそもそもmadを自認する猫の論であり、端から信用することはできない。逆に、猫から見れば、最初にmadだと標榜しているので、何を言っても許されるということになる。不毛なばかばかしい論の中でも、それを解く鍵が隠されていて、それなりの筋も通ってしまうことになる。つまり、愚の理なのである。

虫の目⑧ ネコつかぬニヤ

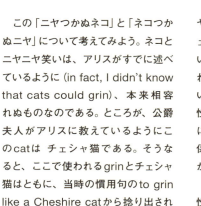

　この「ニヤつかぬネコ」と「ネコつかぬニヤ」について考えてみよう。ネコとニヤニヤ笑いは、アリスがすでに述べているように (in fact, I didn't know that cats could grin)、本来相容れぬものなのである。ところが、公爵夫人がアリスに教えているようにこのcatは チェシャ猫である。そうなると、ここで使われるgrinとチェシャ猫はともに、当時の慣用句のto grin like a Cheshire catから捻り出されたものということになる。しかもこのCheshire catというような種は実在しない。したがって、ここではその実在しないいわば虚像を実像であるかのように見立てて、さらにそれがするというgrinを引き合いに出していることになる。

　ところで、公爵夫人の家で、ただニヤニヤ笑いをしていただけのcatがチェシャ猫と紹介されると、固有名詞扱いになり、ここで虚が実にうまく転換される。そこでa grin without a catということばも、その〈実体〉なき後の属性が残るという意味が生きてくる。単に語を入れ替えるだけで、その包含関係をひっくり返す、とほうもない世界が広がる。

　本来は実体のcatがあってこその属性のgrinが可能であるのに、実体なきあとの属性だけが問題になる。有限の世界から、一つ一つ消えていってゼロになったら、その後は一体何が残るのか、これが問題になるのは、madな世界でしかない、ということになる。

　ここにも、キャロルの遊びの精神がうかがわれる。

第7章

おかしな茶会
ないのにあるとすます

「Ⅶ　おかしな茶会」の登場人物とあらすじ

三月ウサギ（March Hare）：三月が発情期のウサギを表した強意的直喩のas mad as a March hareから取り入れられたもの。

帽子屋（Hatter）：ガードナーは、当時オックスフォードの近くに住んでいた家具商のカーターという人がモデルであると説明する。この人は、山高帽と奇想天外なアイデアで有名で、Mad Hatterと呼ばれていた。『不思議』以降、as mad as a hatterという表現が使われるようになった。

ヤマ寝：（Dormouse）：夜行性動物のヤマネは比喩的に「眠たがり屋」として使われることがある。この茶会でも終始夢うつつで、井戸の中の三姉妹の話をしている最中にとうとう眠り込んでしまう。

時漢（Time）：時間を人並みに扱う帽子屋は、時漢と仲良くなれば時刻を自分の思うように進めたり、止めたりしてくれるという。

　三月ウサギの家の前の木の下では、大きなテーブルの片隅に集まって、帽子屋と三月ウサギがその間でぐっすり寝ているヤマ寝をクッション代わりに、茶会の真最中である。アリスは、席があるのに「ない」という制止を振り切り強引に座り込む。お茶はないのに「ある」とすすめられるなどして、なにやらおかしな会話を続けてみようとしたが、最後は憤然と席を立ってしまう。その後、ドアのついた木を通り抜けて、例の広間に戻る。そこで金の鍵で庭に通じるドアを開け、キノコをかじって1フィート（約30cm）となり、念願の美しい庭に入る。

席があるのに「ない」とは

　テーブルに近づくと、アリスは、「空いてないよ！」（No room!）と3人に口々に制止される。しかし、皆が大きなテーブルの片隅にすわっているので、「たくさん空いてるじゃないの！」（There's *plenty of room!*）と気丈にも言い返し、端の肘かけいすに強引にすわってしまう。

　実は、このことがこの茶会のおかしさの伏線になっている。おまえがすわる席はないよと言われたのにもかかわらず、アリスは、彼らのことばを文字どおりに解釈し、物理的に空席がたくさんあると論破したつもりで、着席した。現に〈あるのにないと〉言う相手の思惑を無視して、強引にすわったのである。この時点で、明らかに偽とわかることを、なぜ三月ウサギたちが言ったのかを少しでもアリスが考えていたら、つまり自分は招かれざる客であることがわかっていたら、これから始まるおかしな事態に巻き込まれることもなかったか

もしれない。相手の発言の意図にも配慮する語用論的対処を忘れたばかりに、この後ことあるごとに、そのお返しでやりこめられることになる。つまり、逆に〈ないのにあると〉言うような捻ったものの言い方が、この茶会でさまざまな形でくり返されることになる。

ワインはないのに「どうぞ」とは

　すわりこんだアリスは、早速やりこめられ、'Have some wine.'と三月ウサギからワインをすすめられる。どこを捜しても見あたらないので、「見えないわ」(I don't see any wine.)と言えば、「ないよ」(There isn't any.)とすまして言われてしまう。someという語を使って、そもそもないものをさもあるかのように、人にすすめるなど、もってのほかである。そこで、アリスはいつも言われるとおりの説教調でいさめる。「ありもしないのに〈あるみたいに〉すすめるなんてお行儀よくないじゃないの」(Then it wasn't very civil of you to offer it.)となじれば、「招かれてもいないのに〈招かれたみたいに〉席につくなんてお行儀よくないじゃないか」(It wasn't very civil of you to sit down without being invited.) と、同じパターンで切り返され、無理にすわったマナー違反をなじられる。アリスのことばをそっくりそのまま返すことは、手ひどいしっぺ返しになる。いうまでもなく、双方の口調は、いつも聞かされているお母さんや先生の言い方そのままである。

> 'Have some wine,' the March Hare said in an encouraging tone.
>   Alice looked all round the table, but there was nothing on it but tea. 'I don't see any wine,' she remarked.
>   'There isn't any,' said the March Hare.
>   'Then it wasn't very civil of you to offer it,' said Alice angrily.
>   'It wasn't very civil of you to sit down without being invited,' said the March Hare.
>   'I didn't know it was *your* table,' said Alice: 'it's laid for a great many more than three.'
>   'Your hair wants cutting,' said the Hatter. He had been looking at Alice for some time with great curiosity, and this was his first speech.
>   'You should learn not to make personal remarks,' Alice said with some severity: 'it's very rude.'

　そこで三月ウサギに、あなたもお客だと思ったので、あなたのテーブル (*your* table) だとは知らなかったし、3人以上のしたくがしてあるじゃないの、と*your*を強調して苦しい

第7章　おかしな茶会——ないのにあるとすます

弁解をする。今まで黙っていた帽子屋が、いきなり「君の髪、散髪しなきゃ」（Your hair wants cutting.）と。個人的なことをあげつらって、無礼なことを言うものだから、アリスは厳しくとがめる。〈Your…なんて言い方をして〉人のことをあれこれ言わないようにしない（You should learn not to make personal remarks . . .）と、とても失礼よ、とお説教口調でその個人攻撃（personal remarks）をいさめる。帽子屋は、目をぱちくりさせたあと、今度はアリスになぞなぞ（riddle）を投げかける。

当てられもしないのに「当てる」とは

　「ワタリガラスとかけて文机と解く、その心は」（Why is a raven like a writing-desk?）のなぞなぞに、アリスはこれはおもしろくなってきたとワクワクする。このなぞなぞに挑戦するところで、アリスは揚げ足をとられる。「答えを当てられるわ」（I believe I can guess that.）とアリスが言った。そこですかさず、三月ウサギが「本気で答えを見つけられるというのか」（Do you mean that you think you can find out the answer to it?）と、動詞 guess を find out にすりかえてその真意をただす。guess に比べると、find out には、本来隠れているものを明らかにするという含意がつきまとう。始めから答えなどないとわかっていて、find out を使ったとすれば、実に巧妙な罠といえよう。はたして、アリスはまんまと罠に落ち、新たな論争が始まる。

> 'I'm glad they've begun asking riddles—I believe I can guess that,' she added aloud.
> 'Do you mean that you think you can find out the answer to it?' said the March Hare.
> 'Exactly so,' said Alice.
> 'Then you should say what you mean,' the March Hare went on.
> 'I do,' Alice hastily replied; 'at least—at least I mean what I say—that's the same thing, you know.'
> 'Not the same thing a bit!' said the Hatter. 'Why, you might just as well say that "I see what I eat" is the same thing as "I eat what I see"!'
> 'You might just as well say,' added the March Hare, 'that "I like what I get" is the same thing as "I get what I like"!'
> 'You might just as well say,' added the Dormouse, which seemed to be talking in its sleep, 'that "I breathe when I sleep" is the same thing as "I sleep when I breathe"!'

　アリスが請け合うと、「それならそうと言え」（Then you should say what you mean.）と言われ、「少なくとも言うだけのことはそのつもりよ」（at least I mean what I say）と言い返す。つまり、なぞなぞを当てると言ったからには、当てるつもりだと見栄をはる。ここで、

meanとsayの順序を入れかえても同じことだとアリスが言ったものだから、同じになるものかと総反撃を受ける。ここではその際に、[I (V₁) what I (V₂).]という表現パターンを踏襲して、そこで使う動詞を入れ替える。アリスのsay/meanに対して、帽子屋はsee/eat、三月ウサギはlike/getという動詞を勝手に組み合わせる。さもその反例のように見せかけて、奇妙な状態をでっち上げる。[虫の日⑨]

時刻を表さないのに「時計」とは

　次に帽子屋が、ポケットから時計を出しながら、アリスに'What day of the month is it?'（今日は何日か）と尋ねる。そして、アリスの答えを聞いて、やおら「2日も違う」と三月ウサギをにらみつける。いわく、「バターじゃだめじゃないか」と。それに対し、三月ウサギはおずおずと「一番良いバターだ」と弁解する。さしずめ、帽子屋の推理どおり、時計にさす油の代わりにバターを、しかもパンナイフで塗ったので、パンくずが入って時計が狂ってしまったのであろう。いくら最高級バターでもこれでは台無しである。責任を感じた三月ウサギが時計をお茶に浸してみるが、なおさらそんなことをしてもどうしようもない。

　ところで、帽子屋の時計は、日付があっていないと言うのでアリスはびっくりする。普通の時計は、時刻の変化を示すが、それに比べて、年はずっと同じままなので（because it stays the same year for such a long time together）表さない。ところが、帽子屋の時計は、変化するのが日であるので、この日を表す。これは、普通の時計が年を表さないのと原理的には同じだと言う。帽子屋の説明を聞いても、アリスにはわからない。確かにちゃんとしたことばを使っているようだが、さっぱり意味があるようには思えない。

　これは、あとで種明しされるのだが、擬人化されたTime（時漢）と仲たがいしたためである。時漢が6時のお茶の時刻から動かなくなってしまったので、動かない時刻よりは変化する日を表すことになる。時計というよりも、むしろ日計とでもいうべきものである。いくら、より変化するほうを起点とする点では同じとはいえ、論理的には時刻が止まれば時の上位概念である年月日も止まるはずである。つ

まり、時間を擬人化したうえに、さらに時の階層性を無視していることになる。

人でもないのに「時漢」とは

突然、帽子屋がさきほどのなぞなぞの答えがわかったか（Have you guessed the riddle yet?）と聞く。わからないので、答えを教えてと頼むと、なんと帽子屋自身も三月ウサギもさっぱりわからない

虫の目⑨ meaningとsaying

ここの論争は、幾重にもずれが生じている。単なる動詞の入れかえではなく、実際は動詞の意味の包含関係自体も異なるものである。さらに関係代名詞whatを、アリスの言うようにthat whichとwhich節以下で限定する定的（definite）なものとしてとるのか、あるいは帽子屋や三月ウサギのようにwhatever（〜はなんでも）と不定的（indefinite）にとるのかでもずいぶん違ってくる。

アリスは、'I mean what I say.' のwhatを定的にとらえ、いわば言行一致的な観点から態度表明をする。アリスにしてみれば、言ったからにはそれだけのことはするつもりはあるということになる。いわば言質を与えるという語用論的な観点から見れば、meanとsayという発話行為に関係する２動詞を入れかえても、実質的な意味の変化はきたさない。つまり、発話の理想状態ともいえる、裏表のない発話行為における条件を述べていることになる。これは、saying= meaningであり、すなわち〈思ったままを言う〉し、〈言うことは思っている〉ということになる。

ところが、反論するにこと欠いて、帽子屋や三月ウサギは、単なる思いつきで２動詞（see/eat, like/get）を選び、入れ換えるとおかしくなるような〈反〉例をあげる。さらにwhatを不定的に解釈し、見るものなんでも食べる大喰いや、欲しいものはなんでも手にいれる欲張りのような、妙に説得力のある反例を持ち出して、アリスをやりこめたつもりでいる。アリスが、いわば発話行為の表裏一体をなす、meanとsayのずれのなさをメタ言語的に述べたのに対し、彼らは、まったく無関係な動詞の継起性、すなわち時間的な前後が逆転することによるおかしさを指摘しているにすぎない。ここで、ずれをまとめておこう。

と言う。これは、なぞなぞをかけるからには当然答えがあるはずだと思っていたアリスにとっては、まったくの肩すかしである。また、さきほどの三月ウサギの意味深長な質問「本気で答えを見つけられる（find out）と言うのか」の意味が、ここで解き明かされる。

そこでアリスは、「答えのないなぞなぞ」などをして時間潰しする（waste it）くらいなら、もっとましな時間の使い方があるでしょうに（I think you might do something better with the time than

アリス	I (say) what I (mean)	=	I (mean) what I (say)	定
帽子屋	I (see) what I (eat)	≠	I (eat) what I (see)	不定
三月ウサギ	I (like) what I (get)	≠	I (get) what I (like)	不定
ヤマ寝	I (breathe) when I (sleep)	=	I (sleep) when I (breathe)	同時

　最後は、ヤマ寝による接続詞whenを使った2種類の行為 (sleep/breathe) の同時性の問題へと発展する。そしてこれは、茶会の時間帯ではまだ夢うつつの夜行性のヤマ寝の習性からすれば、「おまえにとっては、どちらも同じことだ」と、帽子屋から逆襲されるという落ちにつながる。

　ところで、ここで無視できないコンテクストに、アリスがまだ7才のあどけない少女という設定がある。ここでのアリスの命題に対する態度は誠実そのものであり、会話における理想状態である。ところが、実際にはそういう理想状態などはまれであり、meaning〈思っていること〉とsaying〈言うこと〉にずれができたり、極端な場合、まったくの別物となってしまうこともある。ふつうは、このようなずれをくいとめ、あるいはそのずれを修復していこうとする努力が会話を成功させる鍵となる。だからこそ、事情を知らないとはいえ、当てられもしないのに「当てる」と言ったアリスが槍玉にあげられてしまったのである。

wasting it in asking riddles that have no answers.) となじる。

　このアリスのことばを捕まえて、「時漢を知っていたら『時間潰し』なんて口のききようはしないだろうな。人並にしないと」(If you knew Time as well as I do, you wouldn't talk about wasting it. It's him.) と揚げ足とりをする。どうやら時間を時漢と擬人化するので、itでなくhimと人間並みに扱わなければならないらしい。アリスにとってはあくまで一般的な意味でのtime（小文字）でしかないのを、帽子屋は擬人化して時漢（Timeと大文字で固有名詞を表す）と考えるので、それを代名詞に反映させると、it と he という違いがまず出てくる。この両者の立場の違いがこのあと、やりとりの基調になり、時との関係を示す表現が次々とまな板に上るのである。

> 'If you knew Time as well as I do,' said the Hatter, 'you wouldn't talk about wasting it. It's him.'
> 'I don't know what you mean,' said Alice.
> 'Of course you don't!' the Hatter said, tossing his head contemptuously. 'I dare say you never even spoke to Time!'
> 'Perhaps not,' Alice cautiously replied; 'but I know I have to beat time when I learn music.'
> 'Ah! That accounts for it,' said the Hatter. 'He wo'n't stand beating. Now, if you only kept on good terms with him, he'd do almost anything you liked with the clock. For instance, suppose it were nine o'clock in the morning, just time to begin lessons: you'd only have to whisper a hint to Time, and round goes the clock in a twinkling! Half-past one, time for dinner!'

　帽子屋はアリスに「言わせてもらえば、お前は時漢に話しかけたことすらないだろう」(I dare say you never even spoke to Time!) と言うので、アリスは用心深く「音楽の勉強では、拍子を打たなければならないと思うわ」(I know I have to beat time when I learn music.) と答える。そこで帽子屋は、「それでわかった。時漢は打たれるのに我慢ならないんだ (He wo'n't stand beating.)」と言う。あくまでもアリスは小文字のtime、帽子屋は大文字のTimeで人並みに扱い、平行線のままである。

　ところで、時間を擬人化すればつき合い方が問題になる。つまり、時漢とのつき合い方いかんで自分の思い通りに時刻を進めたり止めたりできると言う。朝9時の勉強が始まる時刻になっても、ちょっと頼めば、すぐに1時半のお昼ご飯(dinner)の時刻になるので、勉強をしなくてもすむという寸法である。しかしすぐお昼になっても、おなかはすかないというアリスの心配には、最初はそうでも、おなか

がすくまで好きなだけ1時半のままでいてくれるよう頼めばいいと言う。ところが、いったん機嫌を損ねてしまうとそうはいかない。その証拠に、6時のお茶の時刻のまま止まって、お茶ばかり飲んでいなければならなくなる。ちょうど、先ほどのアリスの心配の反対の状況で、終えたくとも終えることもできなくなってしまう。自分本位に時が過ごせるはずが、時漢に振り回されて大誤算である。

ことの起こりはハートのクイーンのコンサートで、帽子屋が下手な歌を歌い、クイーンの怒りをかって死刑宣告を受けたことにある。そのときのクイーンの 'He's murdering the time!'《帽子屋がリズムを打っ手切って台無しにしている》を、上のように擬人化して解釈すれば《帽子屋が時漢を殺そうとしている》ことになる。この場合は、達成動詞（achievement verb）なので進行形をとると〈未完了〉の意味が活かされて、殺人(?)未遂となり、時漢はまだ生きている。だからこそ、時漢の復讐を受ける破目になる。慣用表現の方では、活動動詞（activity verb）として、リズムをぶち壊して台無しにする行為を表す。

ちなみに、冒頭の「時間潰しをする（waste time）」という慣用句は、kill timeともいう。しかしながら、ここではtimeは時漢と擬人化されるので、それに合わせて動詞も人を対象とするmurder（人を殺す）に変える。そこで、新たな慣用句 murder the time（リズムを打っ手切って歌を台無しにする）をめぐって一騒動起きることになる。

怒った時漢はそれ以後、帽子屋の言うことを聞いてくれない。いわばストライキ中で、時刻が変わらなくなってしまう。いつまでたってもお茶の時間で茶碗を洗う暇もないので、ただ席を移っていくしかない。ここで初めてこのおかしな茶会のわけが解明されるのである。しかし、最初の席に戻ったらどうするのとアリスが尋ねると、三月ウサギはそれに答えることなく、話題を変えようと言う。話をするように促されたアリスが断ると、今度は寝ていたヤマ寝の両脇をひねって起こそうとする。

第7章　おかしな茶会——ないのにあるとすます　107

コンサートで問題となった下手な歌は、テイラー (Jane Taylor) の有名な詩 'The Star' の第1節のパロディである。キラキラ星ならぬキラキラ蝙蝠(コウモリ)が空を飛ぶこととなる。

キラキラコウモリ！
何をしてるの！
高い空飛ぶ
ティトレーみたいに
　　キラキラ…

> Twinkle, twinkle, little bat!
> How I wonder what you're at!
> Up above the world you fly
> Like a tea-tray in the sky.
> 　　Twinkle, twinkle—

鳥の目⑧ 時間／時漢潰し

	time 説	Time 説
waste time	時間潰しをする	時漢を潰す
speak to time	？	時漢と話す
beat time	拍子を打つ	時漢を打つ
murder the time	リズムを打っ手切る	時漢を殺す

　アリスの使ったtimeの慣用句をよそに、帽子屋たちは擬人化と文字どおりの解釈をする。このすれ違いをまとめておこう。

　アリスの一言waste time（〈無作為に〉時間を潰す）から出発して、timeの擬人化により、新たな意図的な意味の「〈わざと〉時漢を潰す」が生まれる。さらに、speak to timeとbeat timeと話を発展させるが、これらもまた意図的な意味が生じて追い打ちをかける。最後には、もとのwaste timeの類義語として使用されるkill time（〈わざと〉時間を潰す）を経由して、クイーンのことばmurder the timeが出てくる。ところが、これはkillに比べると擬人化をより際立たせることになり、「時漢を殺す」となって時漢の反発へと話が進展する。しかしながら、これは慣用句として「リズムを打っ手切って、歌を台無しにする」の意味をもつので、一連のことば遊びの辻褄を合せるキャロルの手腕がうかがわれる。

（オリジナル）
Twinkle, twinkle, little star!
How I wonder what you are.
Up above the world so high,
Like a diamond in the sky.

　このパロディ詩は、さらにアイディアもパロディとなっている。ガードナーは、キャロルの友人のプライス教授（Bartholomew Price）がモデルである内輪の笑い話（inside joke）として紹介している。プライスはオックスフォード大学の有名な数学教授で、あだ名はThe Batであった。理由は、あまりにも高尚な講義内容が学生の理解力をはるかに超えていたので、教授を頭上高く飛ぶコウモリになぞらえたということである。有名な詩のパロディがさらに実在人物の茶化しにもなっている。

目覚めてないのに「覚めてる」とは

　それまでほとんどいねむりをしていたヤマ寝（もっともヤマ寝自身は目覚めていると言い張っている）が、お話をすることになる。それは、井戸の中に住む三人娘エルシィ（Elsie）、レイシィ（Lacie）、ティリィ（Tillie）の話である。名前は、リデル家の長女 Lorina Charlottの頭文字 L.C.を読み下したもの、次女 Aliceの綴り換え語（anagram）、三女 Edithの愛称 Matildaの真ん中の部分 til をさらに愛称風にして作ったもので、おまけにすべてが脚韻を踏んだものとなっている。

　ヤマ寝の話に、アリスはときおり口をはさんではたしなめられる。アリスにしてみれば、ヤマ寝の話の矛盾やわからない点をただそうとして質問したのである。ところが、同じようなことばがやりとりされてはいるものの、語句の一部や意味がすりかえられていてどうもすっきりしない。その主要なやり取りを概観してみよう。

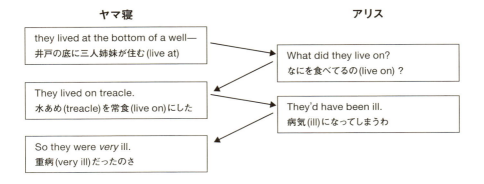

井戸の底に住む三人娘の住(live at)から食(live on)に話が移る。水あめ(treacle)だけでは病気になるというアリスの疑問を、ヤマ寝は重病だったとあっさり受け流す。

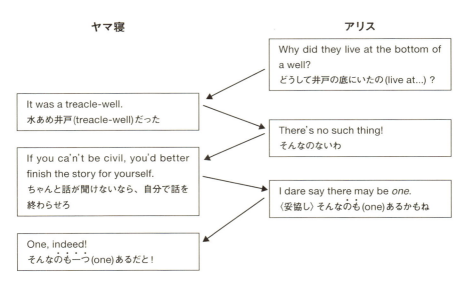

ヤマ寝が答えた「水あめ井戸」(treacle-well)に、アリスは「そんなの、あるものですか」と、一度は反論する。しかし、口をはさむなら自分で話を終わらせろと言われ、'there may be *one*'と少し譲歩する。この oneはtreacle-wellを指す代名詞である。ところがヤマ寝は、これを数詞の一つとって、「そんなのも一つはあるかもしれないな

110

んて、まったく失礼だ」とふくれる。

　ここでは、ヤマ寝のごきげんを損なわないように、調子を合わせたアリスのことばじりをとらえて、難癖をつける。不定代名詞のoneを数字と曲解し、カウンターパンチを返す。この例も確かに、繰り返されたことばに「とんでもない」というニュアンスを込めている。そのうえ、繰り返されたときの意味が巧妙にすり替えられる。

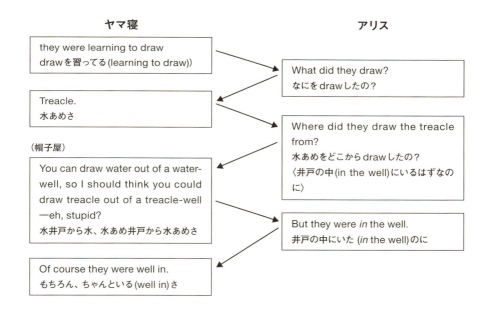

　drawの意味を井戸の縁語で《汲む》とすれば、井戸の外にいるのならともかく、井戸の中にいる姉妹が井戸の中の水あめをどうして汲み上げられるのか、というパラドックスに話題が移る。ここで、帽子屋がアリスの論点の「汲む場所」を「汲まれる物」にすりかえて、「水井戸から水なら、水あめ井戸から水あめだよ、マヌケめ」と口をはさむ。それにもめげずにアリスが、「井戸の中(in the well)にいたのに」と反論すると、ヤマ寝は勝手に語順を変えて、'well in'（ちゃんといるさ）と言う。

　井戸の外にいて井戸のものを汲み上げることは可能であるが、その真只中にいる者が、そこから汲み上げるような行為が可能であろ

うか。アリスがその位相のパラドックスをつくと、帽子屋は平然と汲む者との位置関係を無視して、一般的な汲まれる物の話にすりかえて、水井戸から水が汲めるなら、水あめ井戸からは水あめが汲めるはずだ、とアリスをばかにする。このとき巧妙にも、draw fromを draw out of にすりかえる。draw fromに比べると、draw out ofの方が、外にいて汲むという位相関係が明示されるので、アリスの論点をそらし、汲まれる物の話にするには都合がいい。しかし、アリスがなおも *in the well* のはずだと迫れば、ヤマ寝はすまして語順を変えて well in と答える。

ところで、ヤマ寝の話の途中にある、いくつかのおもしろいエピソードを見てみよう。

お茶はないのに「どうぞ」とは

アリスは、三月ウサギにしきりにお茶のお代わりをすすめられる。まだ一杯ももらっていないアリスが、そもそもないものより多くなんてできないと怒って言い返す。帽子屋は、ゼロより少なくはだめでも、ゼロより多くは可能だと反論する。アリスの

> 'Take some more tea,' the March Hare said to Alice, very earnestly.
> 'I've had nothing yet,' Alice replied in an offended tone: 'so I ca'n't take more.'
> 'You mean you ca'n't take *less*,' said the Hatter: 'it's very easy to take *more* than nothing.'

言い分は、すでにお茶をいただいているのならともかく、そもそももらってないのだから、ないもののお代わりなどできないと、moreに対してことばとがめをする。一方帽子屋は、アリスの言わんとする more (than nothing) を聞きとがめ、〈ゼロより少ないマイナス(負の数)〉は不可能でも、〈ゼロより多いプラス(正の数)〉は可能だからと三月ウサギの加勢をする。これは、お茶を飲んでお代わりをすることとは別の、いわばゼロを利用した無茶な遊びである。

個人攻撃はしていないのに「してる」とは

帽子屋のめちゃくちゃな反論に、思わずアリスは、「誰もあなたの意見なんか聞いていないわ」(Nobody asked *your* opinion.) と言い返す。そのことばじりをつかまえ、

> 'Nobody asked *your* opinion,' said Alice.
> 'Who's making personal remarks now?' the Hatter asked triumphantly.

鳥の目⑨ お代り

お代りをすすめるからには、すでにお茶を出していなければならないことになるが、アリスはお茶など出してもらっていない。したがって、そのマナー違反とともに、そもそも貰っていないもののお代りはできない (I ca'n't take more.)、と建前論で反論する。

このアリスのmoreは、more than nothingのことであり、それを否定している。ところが帽子屋は、moreに反応して、数学的にゼロより少なく（マイナス）はできなくとも、ゼロより多く（プラス）は簡単だと反論する。お代りの意義には目をくれず、アリスがとがめようとしたmore (than nothing) を単にlessとmoreのことば遣いの話にすり替えてしまう。その違いは、左頁の英文で斜体字で示されている。非存在のものをすすめたということが問題なのに、メタレベルのことば遣いの問題にすり替え、プラスとマイナスという数の論から妙に説得力のある反論をする。

More (than nothing) をめぐるすれ違いは次のようになる。表の下線部の語が問題の焦点となる所で、このことからも両者のすれ違いは明らかである。アリスはあくまでもお代わりに意義を求めてsomethingとnothingを対照させているのに対し、帽子屋はアリスが否定したmore (than nothing) をmoreとlessとのメタレベルでの対比で応じている。

more (than nothing) と同じ表現を問題にしているようでも、nothingが数字のゼロにずれたうえ、その焦点の対立する部分もずれるので、まったくのすれ違いになってしまう。

アリス	more than <u>something</u> (○)	more than <u>nothing</u> (×)	
帽子屋		<u>more</u> than nothing (○)	<u>less</u> than nothing (×)

your opinionの部分をyour ...と言うような、人のことをいちいちとやかく言う個人攻撃と曲解した帽子屋が、'Who's making personal remarks now?'と鬼の首を取ったみたいに切り返す。your opinionという言い方をやり玉に挙げて難癖をつけるのである。

席を移る

　帽子屋が時漢と仲たがいしたということばどおり、いつまでたっても6時のお茶の時間のままである。お茶椀を洗う時間もないので、席を一つずつ移動することになる。ところが、先頭にいる提案者の帽子屋だけが、お茶椀がきれいになり、後続は前にいた者の使いさしである。

　このような移動を見越して、テーブルではもともと3人以上のしたくがしてあったのである。これを、アリスが3人以上の客を見越していると勘違いして、強引にすわったのである。

まだ言ってないのに「言った」とは

　ヤマ寝が 'They were learning to draw and they drew all manner of things—everything that begins with an M—' (drawを習っていた。Mで始まるものなら何だってdrawする) と話を続ける。ところが、どうしてMかというアリスの質問に対して、三月ウサギがたった一言 'Why not?' (悪いか) で黙らせる。そして、draw《汲む》はいつの間にか《絵を描く》ことになり、おまけにMで始まる有形無形のごちゃまぜが対象となる話に展開する。実は、描かれる対象のall manner of thingsは、「ありとあらゆる種類のもの」を指すはずなのに、ここではなんとMで始まるものに限定されるのである。

　このMづくしは、mousetraps, moon, memoryはては muchness と、いわば抽象名詞をも絵にするという、とほうもないものへと発展する。learning to draw とくれば、子供ならふつうはお絵描きのけいこを連想することも、このずれに一役買っているといえよう。ヤマ寝の「a muchnessの絵を見たことがあるか?」に対して、'I don't think—' とアリスは言いかけた。おそらく、'I don't think I saw such a thing.' とでも応じるつもりで口を切ったのであろう。この文は、I think I didn't see such a thingの補文の否定が、主文に繰り上がったものである。命題に対する否定的態度を先に表明するのは、英語の常套手段であるのに、わざとそこの所で切って、その箇所だけを文字どおりの意味にとり、「考えない (I don't think) というのなら、しゃべるな (you shouldn't talk)」とねじ込む。形式優先を意識的

に使って、話を中断させる。とくにこの場合には、ダッシュで表されているように、音調上、文の終わりを示す下降調ではない。たとえアリスが少し言いよどんだにしても、まだ話の途中であるということはわかるはずであるのに、強制終了させてしまう。話の出だしすなわち主節の導入部の所で、わざと相手の話の腰を折り、そこだけで意地悪く文字どおりの意味にとったのである。相手の発言を封じる点では、悪質といえよう。

このように、相手の言ったことを受けて投げ返す行為にもさまざまなやり方がある。そして、そのとり方や返し方により、思いもよらぬ力が加えられたりする。極端な場合、その肯否の極性がまったく逆転して、カウンターパンチとなる。自分が使ったパターンはそのままであるだけに、そこにつけ加えられた発話の力の反動でずしりとこたえる。これは、冒頭の'It was't very civil of you to sit down without being invited.'という三月ウサギのアリス批判に典型的にみられる。

とうとうアリスも、あまりの無礼な言い方に奮然と席を立つ。ところがアリスの思惑に反し、引きとめるどころか、誰も気にもとめてくれない。それどころか、すっかり眠りこんでしまったヤマ寝を、ティポットに押し込むのに懸命である。ちなみにガードナーによると、当時はヤマ寝をティポットで飼うことが、はやっていたそうである。

しかたなく、アリスは森の中を通りながら、「あんな所、二度と行くもんですか。あんな茶番千万なお茶会なんて、初めてだわ(It's the stupidest tea-party I ever was at in all my life!)」と捨てぜりふをはく。ちょうど、これは身勝手さにおいて、席がないと言われながらすわった冒頭部と同じである。勝手に茶会にすわり込んで、勝手に立ち去るのである。そして、まさに冒頭でアリスを拒んだ相手の思う壺になった。

第7章 おかしな茶会——ないのにあるとすます　115

鳥の目⑩ ないのにあると

　この「おかしな茶会」は、〈ないのにあると〉をめぐって、緻密な構成になっていることがわかる。内容的には、ヤマ寝の語る話を境に、前半部と後半部とに分けることができる。後半部では、前半の伏線がいくつも活かされている。たとえば、ないものをあるかのようにすすめるのが、ワインからお茶に変わったり、your opinionというものの言い方までも個人攻撃と決めつけたり、あるいは時漢と仲たがいしたため不便きわまりないことが、新たに展開される。冒頭の〈あるのにないと〉言う相手の思惑を無視したため、その後いやというほど、アリスはその逆の〈ないのにあると〉言う仕返しにふり回されるのである。そして、最後には、冒頭部とは逆にアリスは勝手に席を立っていくのである。

　章題のみならず、この茶会は、その出席者の帽子屋と三月ウサギはmadを冠しており、ヤマ寝は寝ぼけてばかりいるので、madな状態であった。いわば、嘘つきのパラドックスと同じ原理で、madな者の言うことを真に受けているうちに、矛盾やおかしな事態に陥ることになる。ちょっとした行き違いから、帽子屋の時刻や時計が狂ってしまったように、ヤマ寝の話もそして茶会自体も、調子が狂ってしまった。アリスにはまさしく茶番千万な茶会であり、実際 the stupidest tea-party だと述懐する。

　この茶会で繰り広げられるワインやお茶の話、帽子屋のなぞなぞに象徴されるように、結局そのもととなるものがないので、話が前提から覆され、まさに無茶会となる。

　このように、おかしな茶会は、〈あるのにないと〉言った相手の真意をアリスが無視したことに端を発している。その後は、〈ないのにあると〉見るという視点が全体の基調となって、逆にやりこめられるのである。さらに〈有を無に〉と〈無を有に〉するのは単に語を入れ替えたというだけではない。前者は存在したものを〈ないことにする〉といういわば帳消しの話で、後者は存在しないものを〈あることにする〉というでっち上げとなり、時間とのかかわりが重要となる。さらに「そうでないことはない」はその対偶*の「そうである」と同値であると論理的には言えても、時間がかかわってくると新たな局面が生じてくる。ある意味、論理的には想定できないような不条理の世界にも発展する。肯定の否定は否定であるが、否定の否定は完全に肯定とは言い切れない。

　したがって、この中で使われる茶化しや揚げ足とりも、ほとんどのものが言いがかりとしかいえないような無理なこじつけであることとも符合する。そして何よりも、アリスファンの間では有名なあのなぞなぞに答えがないのも、この茶会の章全体を流れる基調からみれば当然のことなのである。

*対偶：命題「AならばBである」の対偶は「Bでないな らAでない」となる。論理的には、命題が真なら、 その対偶も常に真となる。

なぞなぞそのものというよりは、そもそも答えが〈ないのにあると〉みせかけたなぞなぞなのである。謎をかけること自体が主眼なのである。したがって、このなぞなぞがあまりにも評判になって、読者の催促の結果、亡くなる1年前になってやっとキャロルは、無理やりワタリガラスと文机を結びつけて、答えをひねり出したのもうなずけよう。ただし、やはりそれも後想にすぎず、端から答えはないものとして書いたと告白しているのである。

Because it can produce a few notes, though they are *very* flat; and it is <u>never</u> put with the wrong end in front!
それ（ワタリガラス／文机）は、それぞれノーツ（鳴き声／書き物）をつくりだすけれど、とてもフラット（声が単調／文が単調）です。でも、決して後ろと前は間違えようがありません。（以下、下線は筆者）

カラスは全身真っ黒でもくちばしのある方が前、机は真っ平らでも引き出しがある方が前であり、どちらも前後を間違えようがないというわけであろう。

実はキャロルの答えには、もっと仕掛けがあったことが、のちに判明した。ガードナーによると、この答えの中のneverをキャロルはnevarと綴っていた。これを後ろから読んでみるとraven（ワタリガラス）となる。キャロルは、「前後間違えようがない」という答えの中に、前後を逆にしたお題の中の語を入れ込み遊んでいたのである。

ところが、このキャロルの遊びは、綴り間違えとして勝手にneverと校正されたことが、近年明らかになった。キャロルが間もなく亡くなったために、文句はつけられないまま、約80年にもわたり日の目を見なかった。キャロルの遊び心が無視されるという、とんでもない間違いが起きていたのである。

全文

> ENQUIRIES have been so often addressed to me, as to whether any answer to the Hatter's Riddle can be imagined, that I may as well put on record here what seems to me to be a fairly appropriate answer, viz. 'Because it can produce a few notes, though they are *very* flat; and it is <u>nevar</u> put with the wrong end in front!' This, however, is merely an afterthought: the Riddle, as originally invented, had no answer at all.

ちょうどそのとき、一本の木にドアがあるのを見つけた。'That's very curious! But everything's curious today.' と思いながら、アリスは中に入ることにする。入ってみると、例の広間に戻っていた。今度はうまく金の鍵で小さなドアの鍵を開け、キノコをかじって、1フィートになる。通路を歩いて、とうとう念願の美しい庭にたどりついたのである。

魚の目③ ティ

イギリスではティ(tea)は欠かせない。朝の目覚めの一杯から夜寝る前の一杯まで、何度もティを飲むといわれる。昼食と正餐の間に取るアフタヌーンティは特に名高いものであるが、社交的な場として低い応接用テーブルを使うのでロウティ(low tea)ともいわれる。また午後遅く、あるいは宵の口にとる軽い食事つきのものもあり、背の高い食事用テーブルでとることからハイティ(high tea)、肉料理などが出ることからミートティ(meat tea)ともいわれる。子どもには夕食代わりとなるが、大人はワインなどを飲んで歓談したあと観劇やオペラに出かけてから別途ディナー(dinner)をとったりするとされる。

この『不思議』のおかしな茶会はハイティに当たると考えられる。アリスが三月ウサギにいきなりワインを勧められたのも、茶会が6時で止まってしまったことも不思議なことではない。

なお、子どもには昼食が正餐で、夕食はハイティで済ますことが多い。それで帽子屋がアリスに1時半に正餐のお昼ご飯(Half past one, time for dinner.)と言っている。ディナーは時間に関係なく一日のうちで一番しっかりとした食事のこととなる。したがって、昼にディナーをとれば、夜は簡単なものということでティかサパー(supper)となる。

第8章

白を赤に
問答無用

「Ⅷ　クイーンのクローケー場」の登場人物とあらすじ

庭師(gardeners)：カードの庭師3人は、間違って植えた白バラの木の花を赤く塗って、何とかごまかそうとするが、クイーンにばれてしまう。テニエルの挿絵では、庭師はスペード（踏み鋤）の図柄で、端的に数のツー(Two)、ファイブ(Five)、セブン(Seven)で呼ばれる。

ジャック(Knave)：ハートのジャックで、王冠を運んでいる。

クイーン(Queen)：ハートのクイーンで、「首を切れ」が口癖のかんしゃく持ち。

キング(King)：ハートのキングで、恐妻家。

兵士(soldiers)：処刑相手の庭師を追いかけるが、アリスに邪魔され、見失う。

処刑人(executioner)：チェシャ猫の首を切るために呼びつけられる。

憧れの美しい庭では、カードの庭師たちがせっせと白バラを赤く塗っている。聞けば、クイーンの命令と違うものを植えたので、ばれないようにしているのだと答える。そこへクイーンが登場し、たちまちばれて処刑命令が下される。あまりの横暴さにアリスがかくまってやる。その後、庭師たちは難を逃れ、クイーンはアリスをクローケーに誘う。これは、木槌で木球をたたき、逆U字形の一連の門をくぐらせる芝生での競技であるが、ここではルールがあってないようなゲームとなっている。当惑するうちに、首だけのチェシャ猫が現れて、大騒動となる。

白を赤にする論理

　美しい庭の入口には大きなバラの木（a large rose-tree）があり、咲いているバラの花（the roses growing on it）は白かった。しかし、それを3人の庭師たちがせっせと赤く塗っていた。好奇心にかられたアリスが近づいていくと、庭師たちは塗料をかけた、かけてない、と言い合いをしていた。

　ツーから色を付けたとなじられたファイブは、セブンが押したからと人のせいにする。それを聞いたセブンが「そうだよな、いつも人のせいにして」（That's right, Five! Always lay the blame on others!）と言うと、ファイブは「おまえの方こそ、口を利かんがいい」（You'd better not talk!）に続けて、クイーンが怒っているということを告げる。横からツーが 'What for?' とわけを尋ねると、セブンが「お前には関係ないよ」（That's none of your

business, Two!)と口封じをしようとする。「おおありだよ」(Yes, it *is* his business!)とファイブが言い返し、セブンが玉ねぎと球根を間違えた話をする。相手の発言に含まれる否定をさらに否定して加勢するので、迫力のある言い返しになる。セブンが弁明しようとしたところでアリスがいることに気がつき、一同がおじぎをする。

> Two began, in a low voice, 'Why, the fact is, you see, Miss, this here ought to have been a *red* rose-tree, and we put a white one in by mistake; and, if the Queen was to find it out, we should all have our heads cut off, you know. So you see, Miss, we're doing our best, afore she comes, to—'

　アリスがバラの花（roses）に色を塗っているわけを尋ねると、ツーが話してくれる。クイーンの望むものは、赤バラの木（a red rose-tree）であったのに、庭師たちは、うっかり白バラの木（a white one）を植えてしまった。これがクイーンにわかれば首が危うくなるので、何とかばれないようにしているのだ、と。

　庭師たちは、木そのものの植えかえはせずに、花の色だけを変えようとしていた。rose-treeがハイフン付きで一語になっているので、そこを変えることなく、形容詞をwhiteからredにすべく、赤く塗るという発想である。非常に手っ取り早い対応のようで、実は興味深い問題を含んでいる。

　庭師たちは、バラの木であることには変わりはないので、〈白バラの木〉を〈［白い］バラの木〉として、その花の色を対症療法的に［白］から［赤］に変えるべく、赤く塗ることにした。これでred rose-treeになるというが、〈［赤く塗った白］バラの木〉は〈赤バラの木〉と短絡的に表現できたとしても、塗った赤いバラでは本物の赤バラにはならない。したがって、この赤いバラはまさに真っ赤な偽物であり、結局クイーンに見破られてしまう。

　そうこうしているうちにクイーンがやって来たので、3人の庭師たちは慌ててうつ伏せに突っ伏す（The three gardeners instantly threw themselves flat upon their faces.）。兵隊を先頭にした一行がぞくぞくと到着するのをアリスは見物している。すると、到着したクイーンが'Who is this?'とアリスのことをジャックに尋ねるが、ジャックはおじぎをして笑うばかり。そこで、クイーン自らがアリスに名を尋ねる。アリスはとても礼儀正しく名を名乗るが、内心では

たかがカードだから（Why, they're only a pack of cards, after all.）怖がることはないと思う。

次にクイーンは、突っ伏している庭師をさして'And who are *these*?'と尋ねる。うつ伏せで見えるのは背中のカードの模様だけなので、誰が誰だかわからないのである、と作者キャロルが登場して、you seeと読者に語りかけながら地の文で注釈をつける。アリス自身も思わず'How should *I* know? It's no business of *mine*.'（この私が知るものですか。私とは関係ありません）と返事をしてしまって、その強気な言い方に我ながら驚いてしまう。激怒したクイーンがアリスに向って'Off with her head! Off with—'と叫んだので、'Nonsense.'とぴしゃりと言い返すと、クイーンは黙ってしまう。そばからキングが子供だからととりなすと、クイーンは怒って向きを変えてジャックに向かって、'Turn them over!'と命令する。クイーンの'Get up'の声に、庭師たちは飛び上がって、一同にぺこぺことおじぎをする。

一方、クイーンはバラの花をしげしげ見て、何をしていたのかと尋ねる。庭師の言い訳をさえぎって、ひと言'*I* see!'。Iは原文では、斜字体になっている。このことから、I seeは慣用表現の《わかった》という意味ではなく、クイーンであるこの私がバラがどうなっているかを《この目で見届

> And then, turning to the rose-tree, she went on 'What *have* you been doing here?'
> 'May it please your Majesty,' said Two, in a very humble tone, going down on one knee as he spoke, 'we were try-ing—'
> '*I* see!' said the Queen, who had meanwhile been examining the roses. 'Off with their heads!' ...

けた》と、原義に近い意味で使われている。そして'Off with their heads!'と追い打ちをかける。3人の兵士たちを処刑のために残して、行列は進んでいく。庭師たちが助けを求めてきたので、アリスはそばの植木鉢の中にかくまってやる。

ちなみに、このカードの行列の先頭は、クラブ（棍棒）をもった兵

隊10人で、ダイアモンドの飾りをつけた廷臣10人、ハートの王家の子供たち10人が続く。さらに、ゲストのキングとクイーンたち、白ウサギ、王冠を持ったハートのジャック、そして最後に現れたのがハートのキングとクイーンであった。スペードの庭師たちを含めると、カードの4つの組と構成を踏まえた一団となっている。

生を死にする論理

'Off with their heads!'と言うクイーンの命を受けた兵士たちが、処刑すべき庭師たちを見失ってしまう。しかし、クイーンの 'Are their heads off?'（あの者たちの首は切ったか）というYes-No疑問に対し、兵士たちはyes/noをはっきりさせずに、'Their heads are gone.'と答え、クイーンを満足させる。実際は首切りなどしていないのに、このように答えて事なきを得られたのには、生を死に思わせる、ことばの上での巧妙なすりかえと食い違いがあるからである。[虫の目⑩]

> 'Are their heads off?' shouted the Queen.
> 'Their heads are gone, if it please your Majesty!' the soldiers shouted in reply.
> 'That's right!' shouted the Queen.

まず、headの意味は、首そのものと、首で代表される身体を表すことができる。むしろ、意味のすりかえを意識すればこそ、兵士たちは代名詞化（their heads → they）をしなかったと考えられる。

次に、《本体からはずれて》のoffを《離れた所にいる》の意味にとり、さらにそれをgoneと言い換えている。都合良く、言い換えたgoneも《話し手の場から出て行く》という意味があり、さらに比喩的に本来の状態からの逸脱、すなわち《死》をも含意する。offとgoneの二重の意味でのパラフレーズ関係を利用して、巧妙にもYesと言質を与えないままで答えたところがみそである。したがって、このhead と gone の組み合せにより、〈首は切られてない〉と言っても、《首は切られて、無い》と《（身体ごといなくなったので、）首は、切られてない》と、その生死に関してまったく逆になるものをも表しうる。すなわち、ある部分の他からの切り離しなのか、あるいはその部分を含めた全体の移動─すなわち部分をいうことで全体の代わりとするのか─という、まったく違う話となる。

虫の目⑩ トリックのレトリック

　クイーンと兵士たちのやりとりの思考回路を少し考えてみよう。

　クイーンは自らが処刑命令を宣した状況にあっては、当然それが遂行されるべきものとして認識している。実際 'Off with their heads!' の発言にyes-no疑問Ⓠ Are their heads off? が続くので、クイーンが応答には傾きのあるyesを期待しているということは、聞き手である兵士たちにも十分推論できるものである。そうなると、yes-no疑問Ⓠへの応答として、一番端的に求められる応答は①Yes, they are. ということになる。

　一方、それに対する兵士たちが実際に行った応答Ⓐ Their heads are gone. は、結果的にはクイーンの満足のいくものとなった。傾きをもって⒬を質問したクイーンは、その見込みどおりとばかりに、Ⓐをyesのことだとみなしてしまったのである。ところが実際には、アリスのせいで兵士たちは庭師を見失い、処刑などは行われていないので、noのはずである。まったく逆のことになってしまっている。どうしてⒶでこのようなことが可能になるのか、兵士たちの応答Ⓐの解釈回路を考えてみよう。

　第一は、yes-no疑問に言質を与えていない点である。しかし、これは必ずしもyes/noと言わなくとも、他の発言での代用は可能である。たとえば、②、⑤で代用することも考えられる。

　第二に、offとgoneの意味範囲である。offには「本体からはずれて」以外に「離れたところに(いる)」の意味があり、またgoneは「行ってしまった」に加えて比喩的に本来の状態からの逸脱、すなわち「死」をも表すことができる。このように重なり合う類義性をもった語が言い換えられることにより、ことばの意味のすり替えが行われている。たとえばⓆに対する否定の応答④は、noと言わずに⑤で代用できる。⑤のnot offが⑥のようにgoneで言い換えられるのに対し、②のoffは比喩的なgoneとして

Ⓠ: Are their heads off?

①Yes, they are.　　　　　　　④No, they aren't.
　②They are off.　　　　　　　　⑤They aren't off.
　→③They are gone.　　　　　　→⑥They are gone.
　　　　　　　　　　　　　　　　→⑦Their heads (and bodies) are gone.

Ⓐ: Their heads are gone.

> *メトニミー：「換喩」は、あることばが指示する対象を、その属性、あるいはそれと時間的・空間的に近くて密接な関係にあるものにずらして表現する方法。たとえば、beauty（美→美人）、writing（書くこと→作文）、bottle（ビン→酒）、Picasso（ピカソ→ピカソの作品）。

③で言い換えられる。③、⑥が同形になるので、いつの間にか⑧offと④goneのすり換えがまかり通る。すでに発した処刑命令のもと、クイーンが⑧Are their heads off? に対する返答として④を認めたのは、自身の傾きおよび応答解釈の許容範囲内にあるからと考えられ、結果的に言い換えが成立してしまうことになる。

第三に、their headsは何を指示しているのか。クイーンが問題としているのは、端的に切るべき対象の首である。したがって処刑命令を下した手前、⑧と尋ねたのは首が切り落とされた状態か否か、すなわち処刑を遂行したのかについて尋ねていることになる。一方、メトニミー*として部分で全体を表す用法があり、their headsは首を含めた身体全体を表すことになる。したがって⑦のtheir headsは身体まで含まれるので、この場合⑧の首だけのtheir headsとは違うことになる。クイーンが見込んだものは、切るべき首以外の何物でもなく、それ以外は考えられないはずである。それを想定していたからこそ、兵士たちは、あえて代名詞化を行わずに、同じ言語形式を繰り返すことにする。表面的にはクイーンを納得させるように仕向けると同時に、実は有標の形式としてtheir headsを使うことで自分たちの抜け道も用意したといえよう。

このメトニミー用法にさらにgoneが組み合わされると、新たな可能性を拓くことになる。首を切らずに（⑤）、首もろとも身体がいなくなってしまう（⑦）ということが可能となる。兵士たちは、このように⑤が⑥⑦を経由することで、②と⑤というまったく逆の事態を、字面上では同じ④へと収束させてしまう。

クイーンは自分の命令は絶対だと確信する余り、ことば遣いの違いには構わず、「（命令どおりに）首を切った」から「庭師は死んだ」と推論して、命令どおりになったと満足する。一方の兵士たちは、実際には庭師を取り逃がしていて、処刑は行っていない。そこで、*yes/no*とは言質を与えず、巧妙に言い抜け、④と応答した。つまり、問題の首には身体がついているのだから、首もろともいなくなりましたということになり、そこから推論されるべきは「生」ということになる。「首は切って、無い」から「首は、切ってない」に転換されているのである。

また、④⑤と言えば命令違反は明らかであるが、④はよく見ればあいまいな表現となっている。それを解釈するのは、聞き手のクイーンが行うことであり、この場合は狙いどおりに誤った解釈をしてくれたことになる。このように、兵士たちの応答のあいまいさゆえに、そこから導き出される解釈が見事に反転してしまう。万が一処刑し

なかったことがばれたとしても、返答Ⓐでは、yesとも言わず代名詞化もせず、ましてoffとも言ってはいないということで、(それがクイーンに通用するかどうかは別問題であるが)釈明する道もある。

このやりとりにおけるすれ違いは、双方に原因がある。まず、クイーンの意図がはっきり分かっていながら、端的に答えず、事態を回避しようとした兵士たちのレトリックに仕掛けられたトリック。次に、少し注意をすればずれに気づくはずなのに、兵士たちの応答を自分の都合のいいように簡単に解釈してしまったクイーンの無作為。クイーンは端からもっていた傾きに従い解釈を行ったので、兵士たちの(表面上は単純そうでも実は回りくどい)レトリックに秘められたトリックには気づかないままである。結果的には双方に都合良く、首尾よく会話が行われたということになる。

下図を見ると、実際のことばのやり取りは黒矢印のように行われているが、クイーンや兵士たちの思考回路は実は白矢印のようになり、完全な平行線のままである。上に述べた理由が重なって、双方にとって自分に好都合な解釈が可能になり、結果的に事なきを得た。

ちなみに、『地下』のカードには手足はあっても首はなかったのが、『不思議』ではきっちりと切るべき首(120頁)がついている。

Ⓠ Are their heads off?	
首は切ったか？	(首は(身体ごと)ここにいないのか？)
処刑命令を出した　クイーンは	処刑相手を見失った　兵士たちは
(首は切って、無い(死))	首は(身体ごと)いなくなった (首は、切ってない(生))
	Ⓐ Their heads are gone

兵士たちは、クイーンの真意はわかっていながら、語のすりかえにより、自らはある意味での一面の真理を伝えつつも、相手の誤解を招くように、あいまいさをうまく利用している。一方、自身の権威には絶対の自信をもつクイーンは、命令どおりに処刑されたものと一人合点してしまう。もし万が一事実がばれたとしても、兵士たちはある意味うそをついたことにならない。「首ごとどこかに行ってしまった」と言ったのだ、と申し開きも可能となり、自分たちの首も安泰となる。ちなみに、この完全なすれ違いは、それぞれの勝手な意味のとり方で、結果的にはなんとかまるくおさまって事なきをえている。

クローケー

アリスは、クイーンにクローケーのゲームに誘われ、次は何が起こるかと思いながら (wondering very much what would happen next) 行列に加わる。話しかけてきた白ウサギに、公爵夫人のことを尋ねると、夫人はクイーンの横面をはったので処刑宣告を受けたと耳打ちされる。そのうちに行列はクローケー場に到着し、クイーンの掛け声とともに、皆が位置についてゲームが始まる。

クローケーは、木槌で木球をたたき、逆U字形の一連の門をくぐらせる芝生での競技である。ところが、このゲームでは通常のゲームの概念があてはまらない。グランドはでこぼこだらけ (it was all ridges and furrows) で、おまけに道具は生きた動物である。木球は生きたハリネズミ、木槌は生きたフラミンゴ、鉄門はカードの兵士たちが四つん這いになってアーチを作っている。カードなのできれいなアーチはできるにしても、兵士たちはすぐに立ち上がって歩きまわる始末である。また、道具が生きた動物でしかも自由に動き回るのでやりにくく、アリスはたちまちとても難しいゲームであると結論づける。おまけに、プレーヤーたちは勝手にプレーをし、プレー順序も何もないという、勝手気ままな世界が展開し、

さらにクイーンの処刑命令が飛び交うありさまである。

空に浮かぶニヤニヤ笑い

　すぐに処刑命令を出すクイーンに、だんだん不安になってきたアリスはまだ一人でも生きているというのが不思議（the great wonder is, that there's any one left alive!）に思える。何とか逃げ出そうとしたところ、変てこな気配（curious appearance in the air）に気がついた。

　その気配をじっと見つめているうちに、やっとそれが、ニヤニヤ笑いだとわかる。公爵夫人の出没自在なチェシャ猫だとわかり、話し相手ができたとアリスは喜ぶ。前に猫と別れたときには、しばらく空にニヤニヤ笑いが残って浮かんでいたが、今度は逆に、そのニヤニヤ笑いから現れ始めたのである。それに続いて、口、目、耳という順で、最後に頭が現れる。本来ニヤニヤ笑いは、顔があっての表情として現れるはずなのに、ちょうど逆になる。また、これにあわせるように、猫は口が現れてからしゃべり始め、アリスもまた猫の眼が現れてからうなずく。そして、耳が現れるまではしゃべっても仕方がないと、実に現実的な対応をする。さらに猫の方も、話をするという目的だけなら、頭だけで十分だとばかりに、全身を現さないまま話をする始末である。

　調子はどうと尋ねる猫に、アリスはゲームの愚痴をこぼす。クイーンはどんな感じ（How do you like the Queen?）と低い声で猫が尋ねる。アリスが、「まったくもって、クイーンはきわめて…」（Not at all,

> She was looking about for some way of escape, and wondering whether she could get away without being seen, when she noticed a curious appearance in the air: it puzzled her very much at first, but after watching it a minute or two she made it out to be a grin, and she said to herself 'It's the Cheshire-Cat: now I shall have somebody to talk to.'
> 'How are you getting on?' said the Cat, as soon as there was mouth enough for it to speak with.
> Alice waited till the eyes appeared, and then nodded. 'It's no use speaking to it,' she thought, 'till its ears have come, or at least one of them.' In another minute the whole head appeared, and then Alice put down her flamingo, and began an account of the game, feeling very glad she had some one to listen to her. The Cat seemed to think that there was enough of it now in sight, and no more of it appeared.

> 'How do you like the Queen?' said the Cat in a low voice.
> 'Not at all,' said Alice: 'she's so extremely—' Just then she noticed that the Queen was close behind her, listening: so she went on '—likely to win, that it's hardly worth while finishing the game.'

she's so extremely −）と言いかけて、すぐ後ろに来ているクイーンに気がつき「勝ちそうな感じなので、ゲームを続けても意味ないと思う」（− likely to win, that it's so hardly worth while finishing the game.）とごまかす。それを聞いたクイーンは微笑んで行ってしまう。

猫と話していると、キングがそばにやってきて興味しんしん、誰と話をしているかと尋ねる。丁寧に友達のチェシャ猫だと紹介すると、キングは様子が気に入らないと言ったあと、'it may kiss my hand, if it likes' と宣う。「御免被る」（'I'd rather not'）と猫が言えば、その無礼をなじって「無礼をするでない。そのように見るでない」（Don't be impertinent, and don't look at me like that!）とキングがアリスの背後から言う。これに対するアリスの反論 'A cat may look at a king.' は、続くことば 'I've read that in some book, but I don't remember where.' からも、何かからの引用であると推察できる。これは、メタ言語が対象言語の中にとけ込んで使われている。このことわざでは、身分の卑しい者でも、貴人の前でそれ相当の権利を有するということを言うのに、ネコを引き合いに出す。ところが、『不思議』の場面が、このことわざの文字どおりの状況、すなわちチェシャ猫の話となっているため、実に場面にふさわしい引用となっている。

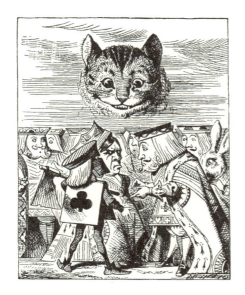

引き合いのつもりで出したネコが、そのままこの場にいるチェシャ猫の話となる。

首を切るための論理

首だけのチェシャ猫に対して、キングは 'Well, it must be removed.'（消さねば）ときっぱり言う。remove には、取り除くという本義のほか、kill の婉曲語としての働きもある。ちょうど通りかかったクイーンに消してくれるように頼むと、すぐさま 'Off with his head!' と死刑宣告が続く。そこでキングは、死刑執行人を自ら呼びにいく。その間ア

リスはクローケーに戻るものの、ゲームはうまくいかないので、猫のところに戻る。そこでは、黒山の人だかりができており、その中で処刑人とキングとクイーンが議論をしていた。アリスの姿を見た三人は、アリスに問題解決を託す。

　首だけ現れているチェシャ猫を首切り処刑できるかどうかという大論争を解く鍵は、何を中心にして考えるかにうかがえる。首斬り役人は、首がのっている身体がないと首は切れない、と本業の〈斬る〉という観点から主張する。そんなことは、今までしたこともないし、いまさらこの年になってしたくもないと言う。キングは、首があればなんであれ首をはねることはできると〈首〉に着目する。さらにクイーンは、すぐにでも猫をなんとかしないと全員の首をはねると無茶苦茶なことを言う。'in less than no time'と強調表現を使い、相手は誰であれ、〈首を切る〉のがねらいのようである。

> The executioner's argument was, that you couldn't cut off a head unless there was a body to cut it off from: that he had never had to do such a thing before, and he wasn't going to begin at *his* time of life.
> The King's argument was that anything that had a head could be beheaded, and that you weren't to talk nonsense.
> The Queen's argument was that, if something wasn't done about it in less than no time, she'd have everybody executed, all round. (It was this last remark that had made the whole party look so grave and anxious.)

　いずれにしても三者の論は、それぞれの関心のある自分勝手な立場からの話であるので、すれ違いのままである。ここでもまた、その論の不毛さは三者ともに描出話法で表されている。さらに、クイーンがはからずも周囲に引き起こした恐慌を、あえてさりげなくカッコの中に入れて対比的に表している。

　アリスが仕方なく飼い主の公爵夫人に聞けばと提案すると、処刑人はクイーンの命令で監獄にいる公爵夫人を呼びに飛んでいく。その間に猫の頭はだんだんかすんでいって（The Cat's head began fading away . . .）、公爵夫人が連れて来られたときには、すっかり姿を消していた。キングと処刑人は猫を探し回っていたが、残りの者はゲームに戻って行った。

第 9 章

ニセ海亀の学校
しゃれ満艦飾

「IX　ニセ海亀のお話」の登場人物とあらすじ

ニセ海亀：(Mock Turtle)：昔は本物の海亀であったので、アリスに海の学校の話をしてくれる。

グリフォン (Gryphon)：グリフォンは鷲の頭と翼を持ち、下半身はライオンの形をした伝説上の怪獣である。オックスフォードのトリニティカレッジの紋章にも使われている。

　公爵夫人が親しげにアリスのそばにやってきて、そのうえ上機嫌で気軽に話しかけてくる。そして「何にでも講釈 (moral) は付き物」とい

う公爵夫人の持論を展開する。ところがこの会話の最中に、二人の目の前にハートのクイーンが腕組みをして、こわい顔で立ちはだかる。クイーンから「お前か、お前の首か、どっちかが消えてなくなれ、一刻の猶予もなく」と、まったく選択の余地のない形で命令された公爵夫人は、あっという間にその場から消えてしまう。その後、アリスはクイーンに連れられて、ニセ海亀とグリフォンに会いに出かけ、海の学校の話を聞くことになる。

公爵夫人の講釈

　公爵夫人が腕を絡ませてアリスと再会できた喜びを上機嫌で示すので、アリスは前回見た夫人の乱暴さは、台所のコショウのせいではなかったかと思うほどである。そこで、アリスは（あまり期待はこめないでと注釈付きで）自分が公爵夫人ならば、台所にコショウは置かないと思いながら、人々を怒りっぽくさせるのはコショウのせいだ、と自分の気の利いた新しい発見についついうれしくなってしまう。ここで、香辛料や調味料と人の気立て (temper) との関係を、多義性を利用してしゃれる。

'When *I'm* a Duchess,' she said to herself (not in a very hopeful tone, though), 'I wo'n't have any pepper in my kitchen *at all*. Soup does very well without—Maybe it's always pepper that makes people hot-tempered,' she went on, very much pleased at having found out a new kind of rule, 'and vinegar that makes them sour—and camomile that makes them bitter—and—and barley-sugar and such things that make children sweet-tempered. I only wish people knew *that*: then they wouldn't be so stingy about it, you know—'

　　コショウは hot(-tempered)　《カッカする／怒りっぽい》
　　酢は sour　《すっぱい／気むずかしい》
　　カモミールは bitter　《苦い／苦々しい》
　　大麦糖のアメなどは sweet(-tempered)　《甘い／気だての優しい》

カッカするコショウを振りまく料理人が怒りっぽいうえに、このコショウが周りも怒りっぽくさせるという連想から、酢、カモミール、アメへと展開していく。最後には、子供に甘いものをあげた方が気だてのよい子になると言う。これが大人にわかれば、甘いものをけちったりはしないでしょうに、とアリスにとっては実に好都合な落ちへと引っ張っていく。

　その間公爵夫人のことを忘れていて、アリスは注意を受けるが、これに対する「講釈を今は思い浮かばないけれども、すぐに思い出す」(I ca'n't tell you just now what the moral of that is, but I shall remember it in a bit.) と公爵夫人が言う。アリスは「多分ない」と思いきって言う。ところが、公爵夫人は、舌打ちしながらたしなめて「何にでも講釈はある、ただし見つけられたらね」(Every thing's got a moral, if only you can find it.) と、アリスに身をすり寄せて言う。公爵夫人が顎を肩に乗せてくるのをなんとか我慢しながら、クローケーゲームがうまく行くようになってきたことを話題にする。

'The game's going on rather better now,' she said, by way of keeping up the conversation a little.
''Tis so,' said the Duchess: 'and the moral of that is—"Oh, 'tis love, 'tis love, that makes the world go round!"'
'Somebody said,' Alice whispered,'that it's done by everybody minding their own business!'
'Ah, well! It means much the same thing,' said the Duchess, digging her sharp little chin into Alice's shoulder as she added 'and the moral of *that* is—"Take care of the sense, and the sounds will take care of themselves."'

　すると、何にでも講釈を垂れることができると豪語する公爵夫人は、「愛こそ、世の中うまくまわす」と第一の講釈を言う。これに対しアリスは、「自分のことに構っていれば良い」と言ったのは、誰だったかなとつぶやく。アリスは、VI章で公爵夫人に言われたことば (If everybody minded their own business, the world would go round a deal faster than it does.) をあてこすってはみたものの、公爵夫人は平然と同じことだと受け

第9章　ニセ海亀の学校——しゃれ満艦飾　133

流す。

　アリスは、愛と言うのなら、前言のお節介しないことと矛盾するのではないかと釘を刺したが、公爵夫人は同じことだと言い放つ。公爵夫人の言う愛は、自分にばかりかまけて他人にはお節介をしない自己愛のことである。したがって、『不思議』の自分勝手に行うクローケーゲームという特殊なコンテクストの中でみれば、自己愛だからこそゲームは成立していることになる。loveの対象を特定化することで、話は違ってくる。

　さらに公爵夫人は、'Take care of the sense, and the sounds will take care of themselves.'（意味に気をつけよ、さすれば音は自ずと立ち行かむ）と第二の講釈を垂れる。つまりこの場合は、意味さえ押さえていれば音は同じなので、自分の解釈に揺るぎはない、と先ほどの自分の言い方（It means much the same thing）を強弁する。

　このことばは、'Take care of the pence and the pounds will take care of themselves.'（ペンスに気をつけよ、さすればポンドは自ずと立ち行かむ）ということわざから捻りだされたものである。senseはpenceから、soundsはpoundsから、と語頭の最小対を利用したしゃれに加えて、penceとpoundsならぬ、意味と音の連動関係を指摘する。小銭さえ気をつけていれば大銭はうまく行くにひっかけて、意味さえ気をつけていれば音はうまく行くとする。実際、ペンスとポンドは貨幣単位の上下関係にあるので、下の方に注意していれば、勝手に上の方もうまく行くことになる。しかし、意味と音とは表裏一体なので、ペンスとポンドのようにうまく比例しない。ところが、その違いがあるにもかかわらず、強引にお金とパラレル仕立てに持ち込む。さらに、この場合、'It means much the same thing.'の動詞meanの名詞形meaningではなく、その同義語のsenseを使うことにより、うまくsoundがついてきて、ことわざ仕立てとなる。まさに、公爵夫人の言うように「意味に気をつけよ、さすれば音は自ずと立ち行かむ」ということになった。loveの対象の特定化の話から、さらに自由なことば遣いの話へと拡大していくのである。

　公爵夫人は、アリスの肩に顎をのせても腰には手を回さない理由を、アリスの抱えているフラミンゴの気性が気にかかる（I'm

doubtful about the temper of your flamingo.) からと言う。試しに反応を見てみようかという夫人に対し、アリスはそうされたくないので 'He might bite.' と注意する。すると公爵夫人は、'Flamingoes and mustard both bite. And the moral of that is—"Birds of a feather flock together."' と答える。bite の多義性《噛む／刺激でヒリヒリする》を利用して、「フラミンゴは bite《（くちばしで）つっカカル》、カラシだって bite《（のどにヒリヒリ）ひっカカル》、だから『同じ鳥仲間で木にカカル』」と、さらに第三の講釈を捻りだす。ちなみに、mustard は bustard（ノガモ）の音遊びから鳥扱いされているが、既存のことわざに合わせるべく、bite つながりでカラシを強引に鳥に仕立て上げる。

> 'It's a mineral, I *think*,' said Alice.
> 'Of course it is,' said the Duchess, who seemed ready to agree to everything that Alice said: 'there's a large mustard-mine near here. And the moral of that is — "The more there is of mine, the less there is of yours."'

カラシの鳥扱いにアリスは反論して、これを鉱物扱いする。アリスの言うことにはなんでも賛成するつもりらしい公爵夫人は、アリスの「カラシは鉱物」の意見にももちろん賛成する。「近くに大きなカラシ鉱（mustard-mine）がある」と言い出して、「その講釈から私貢(カラシコウ)が多ければ多いほど、貴貢は少なくなる」と第四の講釈を述べる。鉱物（mineral）の縁語としての mine〈鉱山〉と、〈私のもの〉の mine の同音異義を材料にしゃれたうえに、mine と yours の対立に持ち込んで、分捕り合戦の講釈とする。

> 'Oh, I know!' exclaimed Alice, who had not attended to this last remark. 'It's a vegetable. It doesn't look like one, but it is.'
> 'I quite agree with you,' said the Duchess; 'and the moral of that is—"Be what you would seem to be"—or, if you'd like it put more simply—"Never imagine yourself not to be otherwise than what it might appear to others that what you were or might have been was not otherwise than what you had been would have appeared to them to be otherwise."'

その講釈にはアリスは構わず、今度はカラシを野菜扱いし、「野菜らしく見えないけど、そうなのよ」（It's a vegetable. It doesn't look like one, but it is.）と続ける。公爵夫人はもちろん賛成して、アリスに 'Be what you would seem to be.'（らしくあれ）と第五の講釈を垂れる。二言目には講釈を垂れる公爵夫人は、この講釈をもっとわかりやすく言い換えると言う。しかし、その口から出てきたことばは、途方もなく複雑な構文をもつ文である。[虫の目⑪]

虫の目⑪ もっとわかりやすく言えば

公爵夫人は、自分の講釈（M1）をもっとわかりやすく言い換えてほしいのなら（if you'd like it put more simply）と言いながら、38語からなる長たらしく、かえってわかりにくいM2を言う。これを整理してみよう（下図）。

公爵夫人のM1 (Be what you would seem to be.) では、what 節の主語を実体のyouにして、その内容はwhatですませている。しかも、本来は実体は実体でしかないのに「見えるかもしれぬyouであれ」と一見はぐらかしたような言い方になっている。だからこそ、公爵夫人はこれをわかりやすく言うと言ったのであろう。

ところが、「わかりやすく言う」M2ではいくつものwhat節があるうえ、it-that 構文を含んで複雑に展開されている。さらに選言表現だけではなく、neverやnot、またotherwiseといった否定に係る語を羅列することで、複雑な意味構造を作り上げている。おまけに、that 節の中では、時間的に大過去*まで遡って言及し、説明を追加する。しかしながら、下の2図のように整理してみると、大過去・過去・現在のyouと、それぞれのyouのありえた（ありうる）やもしれぬyou、さらには他人には違って見えていたかもしれぬyouも射程に入れ、重層的な構造が作り上げられていることがわかる。

M2 の主節では現在のyourself、従属節では過去と大過去のyouが取り上げられている。過去のyouは選言表現*［過去のyouもしくはありえたやもしれぬyou］の形をとり、結局は実体と反実仮想（やもしれぬ）を含むyouという集合からの選

M1

Be what you would seem to be.

M2の構文

Never imagine	yourself	not to be otherwise than	what it might appear to others
that			

what you were or might have been	was not otherwise than	what you had been would have appeared to them to be otherwise

> *大過去:過去の過去を表す時制。英語では過去完了相と同じ形式をとるが、時間の幅は表さない。
> *選言表現:A or B.
> *伴立と含意:「伴立」は、Aが成立すれば必ずBも成立する。たとえば、A「未成年」と言えば、論理的に必ずB「成年に達していない」ということが伴立する。それに対し、「未成年」と言うと、コンテクストによっては「お酒は飲めない」「たばこは吸えない」「被選挙権はない」などいろいろな「含意」を語用論的に導き出すことができる。

択となる。また、見かけとのずれの可能性(かもしれぬ)を含む大過去のyouもそこに含まれることになる。したがって、[他人には違って見えていたかもしれぬ大過去のyou]は、[過去のyouもしくはありえたやもしれぬyou]という選言表現に包含されてしまうという点で、伴立(entailment)となる。一方、この[過去のyouもしくはありえたやもしれぬyou]から、新たな可能性として[他人には違って見えたかもしれぬ過去のyou]という含意(implicature)を推論により導き出すことができる。つまり、論理的伴立と語用論的含意*の2種がかかわることになる。

次に、過去のyouに並行する形で、包括的な現在のyouを考えてみると、[現在のyouもしくはありうるやもしれぬyou]には、[他人には違って見えたかもしれぬ過去のyou]が包含され、[他人には違って見えるかもしれぬ現在のyou]という含意をもちうることになる。それに倣えば、[現在のyouもしくはありうるやもしれぬyou]は[他人には違って見えるかもしれぬ現在のyou]を含意する可能性が生じる。したがって、論理的伴立「他ならぬ」と語用論的含意(破線矢印)の関係がみられる(次頁の図)。

ところが、実際のM2の主節では、この現在の選言表現から反実仮想部を切り離し、yourselfのみを取り立てている。その結果、現在の実体yourselfと過去の見かけとのずれの可能性については、過去の場合のような伴立関係はなくなるうえ、[他人には違って見えるかもしれぬ現在のyou]という含意

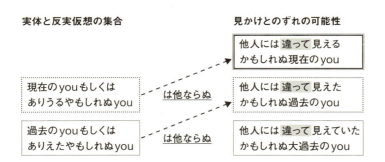

は引き出されない。M2 の [他人には見える やもしれぬ it] の it は、大過去から引き継がれる見かけとのずれの可能性が含まれるはずであるが、実際には主節で [ありうるやもしれぬ you] と切り離しているので、現在の仮想の部分がういてしまうことになる。そうなれば、[他人には違って見えたかもしれぬ過去の you] の包含関係は、他人には見えるやもしれぬということにはならない、と否定せざるをえない。そこで、yourself と [他人には見えるやもしれぬ it] との別が必要となり、「違う」と言う代わりに、文頭で否定 Never を使って、yourself と見かけが同じとは「思うなかれ」と否定することになる。したがって、you ではなく yourself を使っているのも、この切り離しを意識したからこそといえよう（下図）。

ところで、現在の実体と見かけが違う可能性が現にあると言うのなら、つまり [他人には違って見えるかもしれぬ現在の you] という含意が成立するのなら、いっそのこと、他人に [見えるかもしれぬ you] であればよい。もっと言えば、you の実体は見えるかもしれぬ you であるべきと論を飛躍させれば、結局は M1（Be what you would seem to be.）に立ち戻ることになる。注意すべきは、ここはあくまで仮想に言及するのではなく、現在の可能性の話として、その対処を図っている（下図）。

M2　思うなかれ： 現在の yourself　は他ならぬ　 他人には見えるやもしれぬ it

M1　　であれ： 見えるかもしれぬ you

> *ジャーゴン：jargon チンプンカンで訳のわからないことば。

　M2 の説明では、現在の yourself も［他人には見えるやもしれぬ it］も、大過去の you の見かけとのずれの可能性の発展形のはずである。M1 の［見えるかもしれぬ you］も、元をただせば「実体」以外の何物でもないが、現在の見かけとのずれの可能性を取り立てる。そこで、公爵夫人の講釈 M1 は、見かけの方に焦点をあてて、見かけに実体を合わせろと言う。

　現在におけるずれが問題となるので、その原因を遡って説明しようとしたのが M2 なのである。公爵夫人の more simply の言い分は、M1 には論の飛躍があるので、それを仮定や時間経過を含めて省略なしでずれの可能性を愚直に積み上げて説明すると、わかりやすくなるというものである。ところが、実際に出てきた説明は、複雑すぎて簡単に理解できるようなものではなかった。論理的には確かに厳密にずれの可能性を大過去に遡って述べたことにはなるものの、語用論的には解釈を混乱させてしまっている。さらに、not や otherwise を多用し、可能性と仮想の関係を述べるので、かえってわかりにくくなってしまう。

　公爵夫人は M1 は M2 と言うが、果たしてどちらの方がわかりやすく、かつ講釈らしくあると言えるのであろうか（下図）。

　M1 の構造はわかりやすいが内容に飛躍があり、M2 の構造は複雑ながら内容は可能性を段階を踏んで積み上げている。しかし、これがかえって理解を難しくしている。つまり、いくら論理的に詰めたとしてもわかりにくければ、語用論的にはジャーゴン*となるのである。結局アリスは「書けば少しはわかるかもしれないが、ついていけない（but I ca'n't quite follow it as you say it.）」と丁寧に答える。

M1	らしくあれ。 （［見えるかもしれぬ you］であれ。）
M2	お前自身は他ならぬお前もしくはありえたやもしれぬお前が他ならぬ他人には違って見えていたかもしれぬお前であったと他人には見えるやもしれぬとは思うなかれ。 （［現在の yourself］は他ならぬ、「［過去の you もしくはありえたやもしれぬ you］が他ならぬ［他人には違って見えていたかもしれぬ大過去の you］であったと他人には見えるやもしれぬ」とは思うなかれ。）

第9章　ニセ海亀の学校——しゃれ満艦飾

アリスは、書いてもらえればわかると思うが、話しことばではついていけない (but I ca'n't quite follow it as you say it) と白状する。それに対して、公爵夫人は「その気になればいくらでも言える」(That's nothing to what I could say if I chose.) と言う。そして、この「わかりやすい」説明に対して、「もうこれ以上長く言っていただ

鳥の目⑪「らしくあれ」

公爵夫人は、見つけられさえすれば何にでも講釈はあると豪語した手前、強引に見つけ出して講釈を次々と仕立てあげる。アリスは最初の講釈には反論を試みたものの、その後の強引な講釈がだじゃれじみてくるのにつれて取り合わなくなり、最後の講釈に至っては書き出してもらえばわかるかもといなす。一方、公爵夫人は、お構いなしに今までの講釈をプレゼントしてあげると言うので、アリスはなんてお安いプレゼントだろうと内心思うほどである。公爵夫人は五つも講釈を垂れてはいても、アリスには少しもありがたがられてはいないのである。

最初の講釈 (Oh, 'tis love, 'tis love, that makes the world go round!) は、いわば love の対象をすりかえることで、普遍的なことわざの意味を勝手に特定化させている。その言い訳として言った第二の講釈 (Take care of the sense, and the sounds will take care of themselves.) は、同義と音の連想もさることながら、それ自体が講釈の例にもなっている。第三の講釈は多義性を強引に語呂合わせして既存のことわざ (Birds of a feather flock together.) に持ち込み、第四の講釈 (The more there is of mine, the less there is of yours.) は同音異義によるしゃれを絡めることで一般的な関係に意味をもたせる。そして、第五の講釈 (Be what you would seem to be.) には長々とした解説 (M2) をつけ、そこではおよそ講釈らしくないものとなる。結局、あいまいさ、同義性、多義性、同音異義性さらには解釈が問題となり、いくら講釈を見つけてみても、アリスには取り合ってもらえない。

ジャーゴンとして有名な第五講釈のM2は、大過去の見かけとのずれの可能性まで含めて丁寧に扱っているように見せて、論理的伴立と語用論的含意を入れ混ぜて、実は計算された論理的遊びを誘引している。語用論的にみれば、現在の可能性はともかく、大過去の可能性はすでに吸収されているので、そこまで遡って言う必要はないといえよう。ところが、公爵夫人は、現

かなくても結構です」(Pray don't trouble yourself to say it any longer than that.) と言うアリスに、「お安い御用」(Oh, don't talk about trouble!) と、今までの講釈をプレゼントすると返す。アリスは、なんとお安いプレゼントだ(A cheap sort of present!) と内心思う。また考え事をしていると注意されたアリスは、考え事をする権利

在においても依然として見かけとのずれの可能性は孕んでいるので、その元を質して過去に踏み込めばわかりやすいとばかりに、説明を敢行する。おまけに、more simplyという条件にもかかわらず、その結果生じたM2があまりにも複雑であるという落差も、遊びを増幅させている。この可能世界の隅をつつくような観点は、可能世界にこだわるあまり現実からかい離していく『鏡の国のアリス』(Through the Looking-Glass and What Alice Found There) の白の騎士の弁を彷彿とさせる。

ところで、この講釈は、mustardが鳥か鉱物か野菜かとあれこれ考えて、カラシの見かけと実体とのずれをこぼしていたアリスの 'It doesn't look like one, but it is.' に対して述べられたものである。実体と見かけにずれがなければ簡単であるが、実際にはずれがあり、問題が生じている。ならば、その直観的な対処療法として、見かけの方に合わすことで現実的な解決を図ろうとする。アリスの愚痴に対し、公爵夫人の講釈は、実体を見かけに一致させるという解決法「らしくあれ」となっているのである。見方を変えれば、M2ではなくM1こそが講釈らしい講釈である、というメタ的な「講釈遊び」が成立することになる。

ちなみに、VI章に登場する公爵夫人のカエルの顔をした従僕は、ろくに仕事もしないが、制服とかつらから従僕らしく見える。だからこそ、アリスは家の外にいる従僕にわざわざ取次ぎを頼んだほどなのである。さらにいえば、このテーマは、ミセ掛け裁判に極まっていく。

『不思議』は、思いがけなく地下の国に紛れ込んだアリスが、身体が大きくなったり小さくなったりしながら繰り広げる冒険話である。あまりにも大きくなりすぎたときは、今日の自分は昨日の自分ではないと悩み、自分らしさを求めて、たとえば巻き毛(ringlets)といった他人の外見と比較したり、結局「自分のなりたい人」になるまで地下にいようと思ったりする。角度を変えてみれば、このアイデンティティ探しをするアリスに対するメッセージが、この公爵夫人の講釈M1とM2に込められているとはいえないだろうか。いわば、悩むアリスへの作者からのメタ的講釈としてである。

があるとピシッと返す。それに対する第六の講釈は、'Just about as much right as pigs have to fly'（豚が飛ぶほどありえない）と始めるものの、続くことばの 'and the m—' は途中で途切れてしまう。

ちなみに、最後の講釈の種のpigsは、公爵夫人のとんでもない豚児がアリスの腕の中で正真正銘の豚に変身するVI章を想起させるのも、興味深い。

クイーンの命令に公爵夫人は

公爵夫人が第六の講釈を言いかけたとき、十八番のm（oral）の途中で急に声がとぎれ、アリスの腕をとっていた腕が震えだした。二人の目の前にはクイーンが、腕組みをしてこわい顔で突っ立っていた。クイーンは、公爵夫人に向かって、地団駄を踏みながら大声を張り上げた。「お前か、お前の首か、どちらかが消えてなくなれ、一刻の猶予もなく。選べ」（either you or your head must be off, and that in about half no time! Take your choice!）と迫られた公爵夫人は、ただちに消えてなくなることを選択した。本来in no timeは間髪をいれないことを表すが、これをさらにin half no timeと強調的に使っている。計算上は、0/2 = 0 と同じ値をとるが、この誇張法を理解しないで、単なる計算上の値に置きかえても、それではクイーンの剣幕のすごさが出てこない。[虫の目⑫]

公爵夫人が姿を消したあと、クイーンはクローケーゲームを続けようとアリスを誘う。ゲームの招待客は休憩をとっていたが、クイーンの姿を見るや否やゲームに戻る。クイーンは、ゲームを少しでも遅らしたら命はないとわめきたて、'Off with his head!'、'Off with her head!' を連発する。30分もすると、キングとクイーンとアリス以外の誰もが死刑を言い渡されてしまったほどである。

息切れしたクイーンはゲームをやめて、アリスにニセ海亀（ガメ）に会ったことがあるかと聞いてくる。知らないというアリスに「ニセ海亀スープの材料だ」（It's the thing Mock Turtle Soup is made from.）と説明する。そんなの見たことも聞いたこともないと返事をしたアリスに、ニセ海亀に身の上話をさせてやるので会いに行こうと誘う。途中キングの「全員釈放」と言う声が聞こえてきたので、全員が処刑されてい

虫の目⑫
選びようのない選言

クイーンが、'either you or your head must be off'と公爵夫人に二者択一を迫る。「(首のついたまま)おまえが消えてなくなる〈=生〉」か、「首が(切られて)消えてなくなる〈=死〉」か、どちらかにしろと言われれば、もちろん生きたまま、その場を離れる方がいいに決まっている。当然、公爵夫人も即刻そうしたのを、続くクイーンの命令をそのまま受けて引用しているメタ用法 (The Duchess took her choice) で描写する。ちなみに、このクイーンのなにげない選言表現では、全体か部分のいずれを選ぶかで、動詞句の意味までも変わるというのが、みそである。身体がなくなる(どこかへ去る)と、首がなくなる(死ぬ)とでは大違いである。また命にかかわるのなら、相手がどちらを選ぶのかは見当がつくという意味で、過激な死の選択肢は、他を選択させるためのいわば脅しと考えることもできよう。

ここで少し視点を変えて見ると、このクイーンの口ぐせは、目障りなものを排除するための方便であり、当初の目的が達成されれば良いとも解読できる。相手が生きていようが死んでいようが、ともかく自分の目障りにならなければ良いのである。つまり、目障り(A)なら死刑(B)であり、AはBの十分条件である。論理的には、[〈Bでない〉なら〈Aでない〉]から、〈Aでない〉は〈Bでない〉の必要条件となる。さらに、時間的継起から見れば、〈Aでない〉のなら、Bは実質的には問題にならない。つまり、目障りでさえなければ、身の安全も考えられる。したがって、このような矛盾した二者択一を迫る言い方が平気でできるのであろう。

ちなみにこの観点からみると、VIII章の兵士の 'Their heads are gone.' に対する、クイーンのあっけないほどあっさりした反応も、新たな見方ができる。それは、とにかく自分の目の前から目障りな物がなくなればそれで目的が達せられ、細かいことにはこだわらない、というクイーンの現実的な態度となる。

その証拠に、のちにグリフォンが、準標準英語ながら'It's all her fancy, that: they never executes nobody, you know.' (すべてクイーンの妄想だ、誰も処刑なんてされやしない)と、クイーンの空いばりを看破している。

ないことがわかり、アリスは胸をなでおろす。[虫の日⑬]

処刑妄想

クイーンは、日向ぼっこをしながらぐっすり眠っているグリフォンのところにアリスを残して、刑の執行を監督しに行くと言いながら去っていく。ア

 虫の日⑬
ニセ海亀誕生

　Mock Turtleという名前はキャロルの創作で、mock turtle soupから逆成(back formation)されてでてきたものである(下図)。

　turtle soup(海亀スープ)は、本来は高価なgreen turtle(アオ海亀)を材料にするが、子牛の肉(veal)を代用したmock turtle soup(ニセの海亀スープ)が作られた。このmock turtle soupの修飾関係は、mock (turtle soup)となるが、この修飾関係を、(mock turtle) soupと捻って〈ニセ海亀のスープ〉とし、前半の(mock turtle)から、逆成語Mock Turtleが生まれた。

　テニエルの挿絵には、頭が牛、体が亀の絵が描かれており、挿絵にもそのイメージが活かされている。

　のちに、Mock Turtleも 'I was a real Turtle.'とその出自を告白している。

```
[ turtle soup]      =      [ green turtle soup]
                          ↕ 連想
mock [ turtle soup] ──ずらし──▶ [ mock turtle soup] ⇒ Mock Turtle
```

リスはあまりグリフォンが好きになれなかったが、野蛮なクイーンについていくよりはましだと思い、グリフォンの反応を待つことにする。

グリフォンは、目をこすりながらクイーンが見えなくなるのを確かめてから、「おもしろい！」（What fun!）とくすくす笑いながら言う。「何がおもしろいの？」と聞くアリスに、「クイーンがさ。すべて彼女の妄想だ(It's all her fancy.)。誰も処刑なんてされやしない」と、クイーンの処刑妄想を口にする。さらに 'Come on' と促すグリフォンについて行きながら、ここでは皆が命令口調でこんなことは今までなかったのにとアリスは思う。

アリスがグリフォンに連れられてニセ海亀に会いに行くと、ニセ海亀は岩の小さなでっぱりに座って、胸もはりさけんばかりにため息をついていた。'What is his sorrow?'（何が悲しいの？）のアリスの問いに、グリフォンは先ほどと同じことばを使って、'It's all his

虫の目⑭ グリフォンのことば

この章に登場する頭が鷲で身体はライオンのグリフォンの語ることばは、そのいかめしい姿に反し、準標準英語である。不正確な動詞の活用語尾に加えて、次のようなものがある。

① 二重否定

It's all her fancy, that: they <u>never</u> executes <u>nobody</u>, you know. Come on!

It's all his fancy, that: he <u>hasn't</u> got <u>no</u> sorrow, you know. Come on!

② here の強意的用法：指示形容詞に続けて、名詞の前に用いる。

this <u>here</u> young lady

③ 目的を表す to 不定詞の前に for をつける。

she wants <u>for</u> to know your history

④ 追加陳述 (appended statement)：断定を強調するため、主語と（助）動詞をくり返す。

she wants for to know your history, <u>she do</u> . . .

He was an old crab, <u>he was</u> . . .

So he did, so <u>he did</u> . . .

fancy, that: he hasn't got no sorrow, you know. Come on!'（あれはみんな妄想だ。悲しいことなんてありゃしない）と、相変わらず二重否定文で説明する。ニセ海亀の悲しみは、嘘つきのパラドックスよろしく、本物たりえないということになる。

　グリフォンはニセ海亀に、'This here young lady, she wants for to know your history, she do.'（ここにいるこのお嬢さんがお前の身の上話を御所望だ）と言う。それに対し、ニセ海亀は、話が終わるまでしゃべるなと釘を刺す。しばらく沈黙が続くので、アリスは、始めないことには終わることができないじゃないの（I don't see how he can *ever* finish, if he doesn't begin.）と思いつつ、辛抱強く待つ。[虫の日⑭]

ニセ海亀の学校

　グリフォンに促されたニセ海亀の身の上話は、すすり泣きとともにまずはかつては自分は本物の海亀だった（I was a real Turtle.）と始まる。しかし、すぐに沈黙が続き、その間ときおりグリフォンの叫びやニセ海亀の絶え間ないすすり泣きが混じる。アリスは、立ち上がってお礼を言おうとしたが、まだ続きそうだと思い、黙ってすわっていた。そして、子供のときに通っていた海の学校の説明が、すすり泣きを交えながらやっと始まる。

　「先生は、年老いたTurtleだったけれど、みんなはTortoiseと呼んでいた」と言うので、どうしてそう呼ぶのとアリスは尋ねる。「だって彼はtaught usだから」と怒って返事をして、'Really you are very dull.' とアリスを馬鹿にする。続けてグリフォンも、そんなわかりきったことを聞いて恥ずかしく

> 'When we were little,' the Mock Turtle went on at last, more calmly, though still sobbing a little now and then, 'we went to school in the sea. The master was an old Turtle—we used to call him Tortoise—'
> 'Why did you call him Tortoise, if he wasn't one?' Alice asked.
> 'We called him Tortoise because he taught us,' said the Mock Turtle angrily. 'Really you are very dull!

ないのかと責めるので、アリスは消え入らんばかりになる。イギリス英語の方言では、母音の後のr音は、その後に子音が続くとき発音されないので、[tɔːtəs]と発音される。これは丁度 taught us を発音するのと同じになる。イギリス英語の発音であればこそ可能なしゃ

れである。ちなみに、海亀はturtleなのに、あえて陸亀(オカガメ)のtortoiseをひきあいに、ことば遊びとしゃれる。年老いて身体をかがめて教えてくれた「ヲカ陸亀(ガメ)先生」なのである。

　グリフォンに促されて、ニセ海亀が海の学校の話を続ける。「まさかと思うだろうが (though you mayn't believe it) 海の学校に通っていたんだ」と言うニセ海亀のことばに対し、「(まさかなんて) 言っていない」「言った」と言い合いになり、グリフォンが黙れとさえぎる。最上の教育で毎日学校に通っていたと言うのに対し、アリスは自分

'With extras?' asked the Mock Turtle, a little anxiously.
　'Yes,' said Alice: 'we learned French and music.'
　'And washing?' said the Mock Turtle.
　'Certainly not!' said Alice indignantly.
　'Ah! Then yours wasn't a really good school,' said the Mock Turtle in a tone of great relief. 'Now, at *ours*, they had, at the end of the bill, "French, music, *and washing*—extra."'

だって通ってるのだから、そんなに自慢することはないと反論する。'With extras?' と聞かれたアリスは、当然この語を《課外授業》ととった。そこで「課外授業として、フランス語と音楽がある」と答えると、ニセ海亀は洗濯はと尋ねてきたので、もちろんあるわけないと憤然と答える。それに対し、ニセ海亀は、「そういうことなら、お前の学校は大したことはない。僕たちの学校は、勘定書きの後に『フランス語、音楽、洗濯―別料金(extra)』と書いてある」とほっとしたように言う。ニセ

第9章　ニセ海亀の学校――しゃれ満艦飾　*147*

海亀は、このextrasの意味を、全寮制の学校の勘定書きの最後につけ加えられる《──左記は別勘定》の意味とすりかえている、とガードナーは説明している。つまり、教科のみならず「洗濯」まで頼めばやってくれるいい学校だと、アリスに自慢してみせるのである。それに対し、アリスは海の中だから洗濯はそんなに必要ではないでしょうと指摘する。ニセ海亀は、実はそこまでは余裕がなく、正規授業しかとらなかったとため息交じりに言うので、どんな科目だったのかとアリスは尋ねる。

　海の学校の正課の科目は、読み書き計算や社会以外に美術や古典語まであり、非常に興味深い。陸上の学校の科目の音にどことなく似ているばかりか、意味的には、海を連想させることばも多く選ばれている。だじゃれの連続で、強引にそして巧妙に海の学校のイメージを膨らませる。キャロルの巧みなことばさばき満載である。[虫の目⑮]

　また、陸の学校のMultiplicationは海の学校ではUglificationとなる。そんな語はないと言うアリスに、グリフォンはbeautifyを例に出し、uglifyがわからないのかと馬鹿にする。

　美術はconger-eel（アナゴ）先生なので、そのくねくねとしたよう

教科	海の学校		陸の学校	
国語	Reeling	潮よみ方	Reading	読み方
	Writhing	潮かき方	Writing	書き方
算数	Ambition	潮たし算	Addition	足し算
	Distraction	潮ひき算	Subtraction	引き算
	Uglification	潮かけ算	Multiplication	掛け算
	Derision	潮わり算	Division	割り算
社会	Mystery	秘史	History	歴史
	Seography	海理	Geography	地理
美術 （アナゴ先生）	Drawling	潜漂画	Drawing	線描画
	Stretching	斜背画	Sketching	写生画
	Fainting in Coils	輪災画	Painting in Oils	油彩画
古典語 （カニ先生）	Laughing	笑ラッテン語	Latin	ラテン語
	Grief	悲リシャ語	Greek	ギリシャ語

すをほうふつとさせるような科目名登場となる。科目の内容を聞かれたニセ海亀は、自分の身体は固いので見せてあげられないと言う。ギリシャ神話に出てくるとされるグリフォンに、古典語を教えるのはold crab（年老いたカニ）先生である。ニセ海亀は、自分は教えても

虫の目⑮ 海の学校の教科

　ニセ海亀が話してくれた海の学校は、陸の学校と同じような科目がずらりと並んでいる。しかも、音だけでなく内容もなんとなく陸の学校の科目を彷彿とさせるものばかり。

まずは、基本の読み書き計算：

　　Reading → Reeling；海釣りでは潮を読みリールを使い、〈潮よみ方〉
　　Writing → Writhing；釣り針にひっかかり潮目でもがき、〈潮かき方〉
　　Addition → Ambition；大望をもって上げ潮にのりたし、〈潮たし算〉
　　Subtraction → Distraction；気が散れば、一気に潮ひき、〈潮ひき算〉
　　Multiplication → Uglification；汚なさを落とそうと、〈潮かけ算〉
　　Devision → Derision；潮時にあざ笑いを受けて、わりない気持ちの〈潮わり算〉

社会科：

　　History → Mystery；深い海の中での歴史は〈秘史〉
　　Geography → Seography；海の地理は〈海理〉

美術：

　　Drawing → Drawling；アナゴ先生の線描画は、潜ったり漂ったりして〈潜漂画〉
　　Sketching → Stretching；アナゴ先生の写生画は、斜めに背をストレッチして〈斜背画〉
　　Painting in Oils → Fainting in Coils；アナゴ先生の油彩画は、釣り輪にかかり気絶する〈輪災画〉

古典語：

　　Latin → Laughing；カニ先生が教えるラテン語は、笑いながら〈笑ラッテン語〉
　　Greek → Grief；カニ先生のギリシャ語は、悲しそうに〈悲リシャ語〉

らったことがないが、LaughingとGriefを教えたということだとため息をついて言う。グリフォンもため息交じりに同調し、二人は顔を覆う。慌ててアリスは話題を変える。

アリスの、「一日に何時間授業があったの？」に対し、ニセ海亀は、最初は10時間、次は9時間という具合だと答える。なんて変てこなのと言うアリスに対し、だからレッスンと言うのだと返してくる。〈授業〉を意味するlessonと、〈減っていく〉を意味するlessenが同じ発音なのに引っかけて、答える。海の学校では、授業時間が毎日1時間ずつ減っていくので、lessonと呼ばれるからだと。

'And how many hours a day did you do lessons? said Alice, in a hurry to change the subject.
'Ten hours the first day,' said the Mock Turtle: 'nine the next, and so on.'
'What a curious plan!' exclaimed Alice.
'That's the reason they're called lessons,' the Gryphon remarked: 'because they lessen from day to day.'

こう平然と言われては、アリスも頭の中を整理して、計算せざるをえない。《現行授業》(lesson)は、初日の十時間から、毎日だんだん時間数が減る(lessen)ので《減行授業》となり、11日目は休みになる。12日目はどうなるか知りたいところだが、グリフォンにより 'That's enough about lessons.'と話は打ち切られる。この例は音を利用したことば遊びが主眼ではあるが、さらにはマイナスになるのが物理的に不可能な状況を想像させる。

ちなみに、この決めの文（That's enough about lessons.）では、もうたくさんなのは、lessonsそのものなのか（勉強はこれで十分）、lessonsの話なのか（話題を変えよう）は、あいまいになっている。そして、新たにゲームの話をグリフォンは要求するのである。

第10章

イセ海老のダンス
パロディ詩

「X　イセ海老のカドリール」のあらすじ

ニセ海亀は続けて「イセ海老のカドリール」の歌を歌ってアリスをダンスに誘う。そのうち、アリスも詩を暗唱することになるが、まったく違うことばが出てきたりする。

ニセ海亀が別の歌を歌い始めると、遠くから「裁判が始まるぞ」という声が聞こえてきて、グリフォンと駆けつけることになる。

イセ海老のカドリール

　ニセ海亀は、深いため息をついて、なんとか話をしようとするが声を詰まらせる。'Same as if he had a bone in his throat.'（喉に骨が詰まったのと変わりはない）と言いながら、グリフォンがゆすぶったり背中をたたいたりすると、なんとか声が出るようになった。

　ニセ海亀とアリスの掛け合いは、とぎれとぎれのニセ海亀の話の合間に、アリスが口をはさむ様子をカッコの中に入れて対照的に表されている。このとき、イセ海老に紹介されたことなんてないだろうと言われたアリスは、正直に食べたことがあると言いかけてすぐに否定して、前回の轍を踏まずにすんだ。そして、アリスの口出しにも構わず、ニセ海亀は、本題のイセ海老のカドリール（Lobster Quadrille）の踊り方の話を続ける。

> 'You may not have lived much under the sea—' ('I haven't,' said Alice)—'and perhaps you were never even introduced to a lobster—' (Alice began to say 'I once tasted—'but checked herself hastily, and said 'No, never') '—so you can have no idea what a delightful thing a Lobster-Quadrille is!'

　ちなみに、カドリールは、4人一組になって踊るスクエアダンスで、5種のフィギュア（figure：一連の旋回運動）から成る。ここでは、パートナーがイセ海老なので、イセ海老のカドリールと呼ばれる。ガードナーによると、当時流行していた'Lancers Quadrille'を意識した遊び（an intended play）で、戦闘で槍を投げるlancers（槍騎兵）の連想から、ダンスではイセ海老を投げることにしたのではないかとしている。また、17世紀の英国兵士のつけた鎧や赤い上着をlobster-tailといったことも考え合わせると、兵士繋がりでlancerからlobsterに転換させたともいわれている。

ニセ海亀とグリフォンの掛け合いのなか、イセ海老のカドリールの第1フィギュア（the first figure）の説明が続く。イセ海老をパートナーにして海岸で2列に整列、2歩前進してパートナーと向き合って、イセ海老をとり替えて、元の位置に戻ってから、イセ海老を沖に向かって思いっきり放り投げ、そのあとを追って泳いで、海で宙返りをして、イセ海老を再びとり替えて、陸に戻って、第1フィギュアが終わりとなる。

　グリフォンとニセ海亀は、解説の間はともに激しくジャンプしていたのに、突然悲しそうに静かにすわって、アリスの方を見た。アリスが 'It must be a very pretty dance.'（とても見事なダンスですこと）とおずおず言えば、ちょっと見たいかと聞いてくる。'Very much, indeed.' と答えたので、イセ海老抜きで踊りが始まり、歌の方はニセ海亀が歌うことになる。アリスのそばをぐるぐる回りながら踊って、ときどきアリスの足を踏んだりする。

鱈の詩

　ダンスをしながらニセ海亀がゆっくりと悲しげに歌ったのは、鱈(タラ)がカタツムリをダンスに誘う歌であった。

'Will you walk a little faster?' said a whiting to a snail, 'There's a porpoise close behind us, and he's treading on my tail. See how eagerly the lobsters and the turtles all advance! They are waiting on the shingle—will you come and join the dance? Will you, wo'n't you, will you, wo'n't you, will you join the dance? Will you, wo'n't you, will you, wo'n't you, wo'n't you join the dance?	タラがカタツムリを誘う 　　もうちょっと早く歩いてよ イルカがせっついて 　　シッポをふむんだよ ほらイセ海老もカメも 　　どんどん進んで行くよ！ みんな、浜辺で待っているよ— 　　一緒にダンスやるか 　　　やる、やらない、やる、やらない、 　　　ダンスやるか 　　　やる、やらない、やる、やらない、 　　　ダンスやらないか

　この詩のオリジナルは、ガードナーによれば、ハーウイット（Mary Howitt）作の 'The Spider and the Fly' である。

"Will you walk into my parlour?" said the spider to the fly.
"'Tis the prettiest little parlour that ever you did spy.
The way into my parlour is up a winding stair,
And I've got many curious things to show when you are there."
"Oh, no, no," said the little fly, "to ask me is in vain,
For who goes up your winding stair can ne'er come down again."

　オリジナルの最初の行をパロディ化し、韻律を模倣したものである。内容的には、オリジナルの落ち（「らせん階段を上って僕んちにおいで、珍しいものをたくさん見せてあげるから」と誘うクモ、「その手にはのらぬ」とハエ。）どおり、パロディの方でも誘いにのらない。ただし、オリジナルでは誘いにのった先には、死が待ち受けているが、パロディの方は楽しいダンスが待っているという違いがある。しかもイルカ、イセ海老、海亀も登場する。都合よく韻律とアイデアだけを借りたパロディ仕立てとなっている。

　やっとダンスが終わってほっとしたアリスは、それでも愛想よく 'Thank you, it's a very interesting dance to watch, and I do so like that curious song about the whiting!' (ありがとう。ダンスもおもしろいけれど、鱈の変てこな歌が好き) と感想を言う。これはほめことばの形にはなっているが、ダンスより歌の方に焦点をそらそうとしたものである。ところが、それには構わず、鱈 (whiting) を見たことがあるか、とニセ海亀がアリスに尋ねる。

> 'Oh, as to the whiting,' said the Mock Turtle, 'they—you've seen them, of course?'
> 'Yes,' said Alice, 'I've often seen them at dinn—' she checked herself hastily.
> 'I don't know where Dinn may be,' said the Mock Turtle …

アリスは、鱈を見かけたのはdinnerと言いかけて、dinnと途中で口ごもる。それは、食卓に出される鱈を思いやったからである。ところが、ニセ海亀はこれを固有名詞ととり、Dinnなんて言う場所は知らないと受ける。前置詞atには、普通は時空を表す名詞が後続するので、これもしゃれ成立に一役かっている。続けて、どんな様子かはわかっているだろうと言われたアリスは考えながら、（鱈が食卓にのる姿を想像し）口に尾を入れパン粉だらけだ、と言う。パン粉は海で落ちるが、口に尾を入れる理由は、と言いかけたニセ海亀はグリフォンに話を振る。すると、イセ海

> 'Do you know why it's called a whiting?'
> 'I never thought about it,' said Alice. 'Why?'
> '*It does the boots and shoes,*' the Gryphon replied very solemnly.
> Alice was thoroughly puzzled. 'Does the boots and shoes!' she repeated in a wondering tone.
> 'Why, what are *your* shoes done with?' said the Gryphon. 'I mean, what makes them so shiny?'
> Alice looked down at them, and considered a little before she gave her answer. 'They're done with blacking, I believe.'
> 'Boots and shoes under the sea,' the Gryphon went on in a deep voice, 'are done with whiting. Now you know.'
> 'And what are they made of?' Alice asked in a tone of great curiosity.
> 'Soles and eels, of course,' the Gryphon replied, rather impatiently: 'any shrimp could have told you that.'

老とのダンスで、海に放りこまれて落ちるときに尾をしっかり口にくわえるので、もう戻れなくなるのだという説明であった。アリスがとてもおもしろかったと礼を言うと、もっと教えてあげようとさらに鱈の話を続ける。「なぜ鱈と言うのか」と。

鱈を、その語中にある色の連想から想像して楽しむことば遊びが始まる。〈靴みがきをする〉は、地上では黒靴墨（blacking）を使ってみがくのでdo with blackingというが、これにひっかけて海の中では白靴墨（whiting）ならぬ鱈（whiting）を使ってみがいたらdo with whiting（矢鱈と靴みがきをする）となる。つまりblackに対するwhiteということから、魚の名前に引っ掛けるのである。さらに、この靴みがきの句の連想から、whitingでdo the boots and shoes（矢鱈とブーツ、靴みがきをする）ということになる。「do+目的語」は、何らかの方法で目的語の処理を行うことなので、この場合はwhitingでブーツやクツの手入れをするわけである。さらに、海の中の靴は、sole（シタビラメ）とeel（ウナギ）からできているという。地上の靴のsole（靴底）とheel（かかと）にかけた音遊びをし、さらにheelの[h]は、準標準英語ではときどき脱落されるので、同音のヴァリエーションを利用したことば遊びとなる。さらにしゃれは続く。地上ならば、'anybody could have told you that'になるが、海の中では、bodyがlobsterの小型のshrimp（小海老）にかわり、海尽くしとなる。さしずめ、雑魚並みというところであろうか。

アリスは歌の内容が気になって、「もし私が鱈だったら、（鱈のしっぽを踏む）イルカ（porpoise）に『うしろにいてください。一緒にイルのはいや』と言う」と言えば、仕方がないとニセ海亀がしゃれを交えて返してくる。いわく、「賢い魚なら、一緒にイルカと考えざるを得

ない。賢い魚なら、要るかを考えずにどこにも行くことはない（No wise fish would go anywhere without a porpoise.)」。続けて「魚が私のところへ来て、旅に出ると言ってきたら『用がイルカ』(With what porpoise?) と聞くもの」。思わずアリスが「それも言うなら、『用があるか』(Don't you mean 'purpose'?) じゃないの」と、（イルカのことではなく）「用」のことでしょうと突っ込みを入れると、むっとして 'I mean what I say'（そのつもり）と答えるだけで、とりつくしまもない。強引な代用か、それとも無意識の混同かは、定かでではないが、porpoise[p:pəs]《（用が）イルカ》と purpose [p:pəs]《用（があるか）》の音の類似を利用した駄じゃれとなる。

アリスの身の上話

横からグリフォンがアリスに冒険話（*your* adventures）を所望する。アリスは、今朝からの冒険話をすると言ってから、'but it's no use going back to yesterday, because I was a different person then'（昨日に戻っても無駄、そのときはまったく違う人だったんだから）と続け、白ウサギを見たときからの話を始める。

そして 'You are old, Father William' の暗唱でことばが全部変わってしまった（the words all coming different）話をすると、ニセ海亀が長いため息とともに 'That's very curious!' と言い、グリフォンは 'It's all about as curious as it can be.' と強め

'If I'd been the whiting,' said Alice, whose thoughts were still running on the song, 'I'd have said to the porpoise "Keep back, please! We don't want *you* with us!"'

'They were obliged to have him with them,' the Mock Turtle said. 'No wise fish would go anywhere without a porpoise.'

'Wouldn't it, really?' said Alice, in a tone of great surprise.

'Of course not,' said the Mock Turtle. 'Why, if a fish came to *me*, and told me he was going a journey, I should say "With what porpoise?"'

'Don't you mean "purpose"?' said Alice.

'I mean what I say,' the Mock Turtle replied, in an offended tone.'

る。さらにニセ海亀は、アリスに別の詩で試させたいからそう言えとグリフォンに命令する。そして、''Tis the voice of the sluggard' を暗唱することになる。アリスは、他人に命令されてお勉強をさせられるくらいなら、学校にすぐに戻ったほうがまし (I might just as well be at school at once.) と思いながら、立ち上がって暗唱を始める。ところが、イセ海老のカドリールのことで頭がいっぱいになっていたせいか、口から出てきた最初の文句は、やはりlobster。以下まったくおかしなことばしか出てこない。収拾がつかなくなり、暗唱のことばはまったくもって大変な (very queer indeed) ことになってしまった。

'Tis the voice of the Lobster: I heard him declare 'You have baked me too brown, I must sugar my hair.' As a duck with its eyelids, so he with his nose Trims his belt and his buttons, and turns out his toes. When the sands are all dry, he is gay as a lark, And will talk in contemptuous tones of the Shark: But, when the tide rises and sharks are around, His voice has a timid and tremulous sound.	それはイセ海老の声だ 　そう言うのを耳にした 「お前は俺を焼き過ぎた 　髪に砂糖をふりかけなきゃならぬ」 アヒルはまぶたで 　イセ海老は鼻で ベルトとボタンをきちんとつけて 　爪先を外に向けるのだ すっかり乾いた砂浜で 　ヒバリのように楽しげに サメのことなど馬鹿にして 　しゃべるのだろう ところが潮が満ちてきて 　サメがやってくると 声はおどおど震えてる

　ガードナーは、この詩の最初の行を見ると、Song of Songs 2:12 (雅歌) の最初のことば (the voice of the turtle) が、思い出されると述べている。さらに続けて、実際この詩は、キャロルの読者ならよく知っているワッツ (Isaac Watts) の 'The Sluggard' の最初の出だしをパロディ化したものであると言う。

　（オリジナル）
　'Tis the Voice of the Sluggard; I hear him complain
　"You have wak'd me too soon, I must slumber again."

第10章　イセ海老のダンス──パロディ詩

As the door on its hinges, so he on his bed,
Turns his sides and his shoulders and his heavy head.

怠け者の声がぶつくさ言うのを耳にした
「お前は俺を早く起こしすぎた、また寝なければならん」
戸がバタンと戻るように、奴もベッドに
脇と肩と重い頭を戻すのだ

　このオリジナル自体は当時有名ではあったが、ガードナーによるとへぼ詩（doggerel）とも呼ばれていた。この怠け者を諌める教訓的な内容を、キャロルのもじり詩では洒落者イセ海老のしかも滑稽なものに変えている。

　アリスの暗唱を聞いたグリフォンが、自分が子供のころに暗唱したものとは違うと言う。ニセ海亀も、聞いたことがないし、途方もないナンセンス（it sounds uncommon nonsense）と評する。アリスが黙ってまた何がおこるかもしれないと心配していると、ニセ海亀はその詩を説明してもらいたいものだと言う。グリフォンがそれはアリスにはできないと言い、続けて次節を言ってみろと言う。なおもニセ海亀が、暗唱した歌の内容にこだわるので、アリスが一応答えてはみたものの、さっぱり訳がわからなくなってきて、話題を変えたいとつくづく思う。

　再びグリフォンに促されたので、'I passed by his garden' で始まる次節を、たぶんすっかり違うだろうと思いつつも（she felt sure it would all come wrong）、暗唱を始める。

彼の庭を通りかかって、片目で見ると フクロウとヒョウがパイを分けていた ヒョウはパイ皮とグレービーと肉をとり フクロウはごちそうの分け前に皿を パイを食べ終えるとフクロウはお恵みで スプーンを懐に入れるのを許された 一方、ヒョウは唸り声をあげて 　ナイフとフォークを受け取り 宴会はお開きに	*I passed by his garden, and marked, with one eye,* *How the Owl and the Panther were sharing a pie:* *The Panther took pie-crust, and gravy, and meat,* *While the Owl had the dish as its share of the treat.* *When the pie was all finished, the Owl, as a boon,* *Was kindly permitted to pocket the spoon:* *While the Panther received knife and fork with a growl,* *And concluded the banquet by—*

（オリジナル、ガードナー版より）

I pass'd by his garden, and saw the wild brier,
The thorn and the thistle grow broader and higher;
The clothes that hang on him are turning to rags;
And his money still wastes till he starves or he begs.

彼の庭を通りかかって、野イバラをみた
イバラやアザミはますます広く高く生え
彼に掛かる衣はボロとなり
餓えて物乞いをするまで金を浪費するのだ

　ニセ海亀が「そんなばかげたことを暗唱して何になる」と口を挟み、グリフォンもやめた方がよいと言ったので、アリスはほっとする。そして、ニセ海亀に歌を歌ってもらうことになる。
　ちなみに、この後半は1886年『不思議』のオペレッタ初演の際に付け加えられたもので、同年版に収録されている。

スープの詩

ニセ海亀が歌ったのは'Turtle Soup'であった。

Beautiful Soup, so rich and green, Waiting in a hot tureen! Who for such dainties would not stoop? Soup of the evening, beautiful Soup! Soup of the evening, beautiful Soup! 　Beau—ootiful Soo—oop! 　Beau—ootiful Soo—oop! Soo—oop of the e—e—evening, 　Beautiful, beautiful Soup!	おいしそうなスープ、こくがあって緑色 熱いスープ鉢で待っている！ そんなごちそうに飛びつかないものはない 夕飯のスープ、おいしそうなスープ 夕飯のスープ、おいしそうなスープ 　おいしそーうなスープ 　おいしそーうなスープ ター飯のスープ 　おいしそうな、おいしそうなスープ

（オリジナル）

Beautiful star in heav'n so bright
Softly falls thy silv'ry light,
As thou movest from earth so far,
Star of the evening, beautiful star,

鳥の日⑫ 全部間違えたら

詩を暗唱する際に、出てくることばが違っていたら、本当に暗唱したことになるのだろうか？全部違っていたら、同じ詩を暗唱したことになるのだろうか？あるいは一部ことばが違うだけなら、暗唱したことになるのだろうか？これは、何度か『不思議』に出てくるテーマであるので、ここでまとめておこう。

①Ⅱ章 'How doth the little —'

アリスが自分に課したテストである。今までどおりにことばが出ず、アリスも、ちゃんとしたことばでないと認めざるを得ず (I'm sure those are not the right words)、結局自分はずいぶん変わってしまって、あのおばかなメイベルになったのでは、と悲観してしまう。

内容的には、花から花へと一日中蜜を集めて飛び回る〈働き蜂〉が、口を開けていれば餌の方から勝手に飛び込んでくる〈ものぐさワニ〉の話に様変わりして、その教訓的な価値は大逆転となっている。形式的には韻律型が踏襲され、同じような語彙が多く利用されている。

②Ⅴ章イモ虫に命じられて 'You are old, Father William'

①の詩が 'it all came different!' になったと告白したアリスに、イモ虫が新たに暗唱を命じて、口に出てきた詩である。それをイモ虫は、正しくない (It is not said right.) うえ、徹頭徹尾間違っている (It is wrong from beginning to end.) と断じる。

内容的には、若い頃から体力や気力を温存し、先のことを考えていたウイリアム師の老いてなおかくしゃくとした様子が、正反対に様変わりする。ウイリアム父さんは、老いてなお、逆立ちをしまくってやたらに体力や気力を使い、何をするにしても後先のことを考えない、刹那に生きるのである。形式的にはほぼ同じ韻律型と、Father Williamとの問答形式が利用されているが、結果的には価値逆転のパロディとなっている。

③Ⅹ章 ''Tis the voice of the sluggard' 第1節

アリスの身に起こった変な話、特に 'You are old, Father William'のことばが全部変わってしまった話を聞いて感じ入ったグリフォンが、アリスに新たな詩の暗唱を命じる。それを聞いたグリフォンがやはり子供の頃のとは異なっている (That's different from what I used to say when I was a child.) と言うと、ニセ海亀も聞いたこともないし、途方もなくナンセンスだ (I never heard it before, but

it sounds uncommon nonsense.)と応じる。

　内容的には、冒頭で声が聞こえてくる設定は同じであるが、その声の主は怠け者からイセ海老に変わり、その後に続く内容はまったく違う展開となっている。形式的にはほぼ同じ韻律型が利用されているが、結局のところuncommon nonsenseと駄目出しされてしまう。

　ちなみに、nonsenseは、commonもuncommonにもなじまない絶対評価である。ところが、ここではuncommonをつけてさも度合いがあるかのように、そのnonsenseぶりを誇張している。

④X章 "Tis the voice of the sluggard" 第2節

　続けてアリスに暗唱をグリフォンが命じるが、これは 'I passed by his garden' で始まるものであった。たぶんすっかり違うだろうと思いつつ(she felt sure it would all come wrong)アリスは暗唱したが、そんなくだらないことを暗唱して何になる(What *is* the use of repeating all that stuff...)と、ニセ海亀から断じられてしまう。

　冒頭の語句(I passed by his garden)が同じ以外は、内容・形式ともに違うものとなっている。

第10章　イセ海老のダンス——パロディ詩

いずれも、アリスは本当ならちゃんと暗唱ができることが前提としてあり、だからこそその変わりようの検証として使われている。しかし、出てくることばがずいぶん違っているので、アリス自身もまた他の者もまったく違ったものであると判断してしまうのである。非常に興味深いことであるが、その違いの程度もそれぞれ違っている。特に④に至っては、出だしの語句だけが同じで、後はまったく違ったものとなってしまった。ニセ海亀から暗唱する意義さえ問われる始末である。

　しかしながら、パロディの観点から見れば、一部のことばや構成は同じなのに、他のことばが変わっただけでまったく趣旨の違ったものとなるのがパロディたる所以である。①では、働き蜂がものぐさワニとなり、原詩のタイトル 'Against Idleness and Mischief' から、さしずめ 'For Idleness and Mischief' のような大逆転となる。また、②では老いてなおかくしゃくウイリアム師が、老いてなおばかなウイリアム父さんになって、内容まで逆になり、パロディが成立する。つまり、似て非なるものとなる。ことばを言い間違えたものとは、まったく違うのである。

　その意味では、形を少しばかり借りただけで関係のない展開となる③、さらには④の換骨奪胎に至っては、パロディとは言いがたいものとなる。まさに勝手にことばが間違っていってしまったにすぎないといえよう。しかしながら、当時の子供たちには冒頭を聞いただけでわかるので、その後の展開自体がギャップを生み出しておもしろかったのであろう。

　今一度最初の問題提起に立ちかえると、パロディが成立するということは、オリジナルは意識してはいても価値観の異なる別物ということになるので、むしろ違うという批判は織り込み済みということになる。ことばの構造と意味、そして伝わるものとのレベルの違いを踏まえ、何を意図したものであるかということも問題となるのである。これらの詩は、物語では散在しているものの、実際はアリスの変身の検証としての一貫性をもちつつ利用されている。内容的には、オリジナルの意味が風刺的効果や滑稽味の点で変化していき、アリスをも困惑させてしまう。

　さらに言えば、ヴィクトリア朝の教訓的風潮をもろに受けた当時の児童文学に対する揶揄に終わらず、おもしろさを追求する新しい児童文学のスタイルを切り拓いたのが、このアリスの物語なのである。

> *Beau-ti-ful star,*
> *Beau-ti-ful star,*
> *Star-r of the eve-ning,*
> *Beatiful, beautiful star.*

　'I was a real Turtle.'と自己紹介したニセ海亀が、深いため息とおえつにむせびながら歌った歌は、Mock Turtle Soup ならぬ本物

Beautiful Soup! Who cares for fish,	おいしいスープ！　誰が魚
Game, or any other dish?	肉なんかに目をくれよう
Who would not give all else for two p	そんなものには払えぬ２ペンス
ennyworth only of beautiful Soup?	おいしいスープは特別です
Pennyworth only of beautiful soup?	おいしいスープにゃ払います

の Turtle Soupである。

　しかもこれは、セイルズ（J. M. Sayles）の'Star of the Evening'というポピュラーソングをパロディ化したものである、とガードナーは言っている。starと soupのとっぴな連想の上に、かなり強引な押韻を行っている。2節3行目最後のpは本来、次行に続きpennyworthとなるべきところを、pのみを切り離し、two p [tu:p], soup [su:p]と押韻させる。また、beautiful, soup, eveningが、分かち書きされているオリジナルの歌われ方をさらに間延びさせているようである。

　コーラスの部分になったところで、遠くで「裁判が始まるぞ（The trail's beginning!）」と言う声が聞こえた途端、グリフォンはアリスの手をとり、「さあ行こうよ（Come on!）」と言って走り出す。アリスがどんな裁判なのか何とか聞き出そうとしても'Come on!'と言うばかりである。その間にも、ニセ海亀のもの悲しい歌声はどんどん遠のいていく。

第11章

ミセ掛けの裁判
ねばならぬなら、ねばならぬ

「XI 誰がタルトを盗んだか」のあらすじ

　グリフォンが、アリスの手をとり、急いで駆けつけてみると、ハートのキングとクイーンが玉座につき、群衆とカードたち、護衛付きで鎖につながれたジャック、そしてトランペットと巻物を持った白ウサギがいる。法廷の中央のテーブルの上には、大皿にもられたタルトがあり、タルトをめぐるカードの裁判が始まる。しかし、形式だけのミセ掛け裁判であり、裁判長のキングはそれをたしなめられても、平然と「ねばならぬなら、ねばならぬ」と受け流す。

開廷

　裁判が始まるまで、アリスは法廷の様子を観察する。法廷に行ったことはないが、本では読んだことがあるので、judge, jury-box, jurorなどの法廷用語が口から出てくるのには、ちょっぴり御満悦である。

　裁判が始まる前から12人の陪審員が、自分の名前を忘れないようにと忙しそうに石板にメモしている様子を見ながら、アリスは思わず'Stupid things!'（なんてばかな）と叫んでしまう。ところがそのことばまでもメモをとるというばからしい光景が繰り広げられる。中には綴りを聞く者までいるほどである。

　陪審員の一人のトカゲのビルが、キーキー鉛筆をきしらせるのにたまりかねて、アリスは鉛筆をさっととりあげる。仕方なくビルはその後、指を使わざるをえない。書く格好はしても、全然記録は残らないので、内容もなにもないことになる。これはこの裁判自体が、体裁は整ってはいても、内容的には何もないことの先触れとなっている。いわば現にあるものの名を冠してはみても、ミセ掛けにすぎないのである。

　キングの命により、白ウサギが訴状を読む。なんとそれは、マザーグースの一節で、Queen of Heartsが作ったタルトをジャック（Knave）が盗んだというものである。そして、この詩の内容に添って裁判が展開される。

> The Queen of Hearts, she made some tarts,
>   All on a summer day:
> The Knave of Hearts, he stole those tarts
>   And took them quite away!

> ハートのクイーン　タルトを作った
> 　　ある夏の日に
> ハートのジャック　タルトを盗んだ
> 　　一つ残らず

いきなり、キングが'Consider your verdict.'と評決をうながす。白ウサギが、その前にたくさんすることがあると、慌てて制したので、キング裁判長は第1証人を召喚する。

第1証人──帽子屋
【召喚】
　第1証人帽子屋は、なんと手にティカップとパンを持ったまま登場する。いわく、お茶の最中だったもので、このままで失礼致しますと。「すませて来れば良いものを、いつからお茶だったのか」と言うキングの間に、3月14日だと答える。とそれに、三月ウサギは15日、ヤマ寝は16日と続ける。キングに書きつけておけと言われた陪審員たちは、即座にこの三つの数字のたし算をして、あげくにシリングとペンスに換算する。これは、イギリスの複雑な旧貨幣制度のときには、子供たちの算数の時間は、ほとんどこのお金の換算問題に費やされていたことへのパロディとも言われている。

　次に、帽子屋の被っている帽子をめぐって、キングと一悶着が起こる。実は、帽子屋は、お茶の格好のまま駆けつけたので、ティーカップとパンで両手がふさがっていて、帽子をとって挨拶ができなかったのであるが、それをキングがとがめたのである。

> 'Take off your hat,' the King said to the Hatter.
> 'It isn't mine,' said the Hatter.
> '*Stolen!*'" the King exclaimed, turning to the jury, who instantly made a memorandum of the fact.
> 'I keep them to sell,' the Hatter added as an explanation. 'I've none of my own. I'm a hatter.'

　キングの「そちが被っている帽子（your hat）を脱げ」の命令に、帽子屋は「これは私のものではございませんが」と答える。すかさずキングは陪審員に向かって、「盗品じゃ！」と叫ぶ。帽子屋はすぐさま、「帽子は売物でございます。私物は一つとして持っておりません。私は帽子屋でございま

第11章　ミセ掛けの裁判──ねばならぬなら、ねばならぬ　*167*

虫の目⑯ 所有のずれ

　所有格は文字通りの所有関係だけを表すわけではないので、帽子屋と裁判長のキングの間で一悶着が起きる。

　帽子屋が被っている帽子を指して、キングは your hat と言った。現に身につけているものを指すときに、所有格を使う。しかし、所有格はまた文字どおりの所有を指す場合もある。一時的な所持か、永続的な所有か、すなわち所有権の有無をめぐり、あいまいなので、そこですれ違いが起きた。

　永続的な所有関係というのは、文字どおりの所有関係であるが、一時的な所持の場合は、その人がたまたま身につけているようなものについても使うことができる。この場合のキングの発言の your hat も、キングの御前に出ても脱帽しない帽子屋のマナー無視をとがめようと、その被っている帽子を指して言ったものである。誰のものであろうとも、たまたまその時に身につけていれば your hat と言うことができるからである。ところが帽子屋は、your hat の厳密な意味での所有関係にこだわって、所有代名詞 mine を否定する。

　キングは、帽子屋が〈自物〉でないと言うのなら、〈他物〉となって〈盗品〉だと短絡的に考える。ところが、帽子屋という職業を考えれば、通常の自物と他物という、自他の対立以外の、第三の選択肢としての〈売物〉が成立する。つまり、所有権が設定される以前の商品を、展示代わりに被っていることも可能になる。所有格にひそむあいまいさと、コンテクストによって新たにでてくる含意を利用した、一種なぞなぞに似たおもしろさがある。ちなみに、テニエルの挿絵（170頁）を見ると、実際その帽子には'In this Style 10/6'（このスタイル10シリング6ペンス）と値札までついている。

　キングの〈今帽子屋の頭の上にある〉という意味で使われた所有格が、所有権の帰属の意味にすりかえられて、自物、他物、さらには売物の対立へと拡大していったのである。日常的にはコンテクストによって意味が使い分けられている所有格が、ここでは遊びの機動力になっている。

　ちなみに、Ⅱ章の自分の足に対する呼びかけの人称変化、Ⅶ章でのおかしな茶会での個人攻撃の your、Ⅻ章のジャック犯人説の証拠として出された手紙の書き手をめぐっても、所有格が有効に使い分けられ、遊びが成立している。

すので」と説明を加えた。キングは被っている帽子を脱げと言っただけであるのに、帽子屋は所有格のyourということばにこだわって反論するものだから、盗品、売物という予想外の話へと脱線していく。
［虫の目⑯］

　そのとき、今まで黙っていたクイーンが、眼鏡をかけて帽子屋をじろじろ見始めたので、帽子屋はそわそわし出して、とうとうパンと間違えてティカップをかじってしまうほどである。(「VII　おかしな茶会」で見たように、帽子屋とクイーンには、コンサートで少なからぬ因縁があった。)

　キングは「証言せよ、びくびくするな、さもなければ直ちに処刑を命ずるぞ」(Give your evidence, and don't be nervous, or I'll have you executed on the spot.) と、(A and B) or C という構文を使って、(A and B)でなければCという結果を招くぞとさとす。ところが、すこしあとでキングは 'Give your evidence, or I'll have you executed, whether you're nervous or not.' と畳みかける。初めにあったBをはじき飛ばして、A or C という二者択一を迫るのである。つまり上のA and B という等位関係の中で、Bは実は単なるつけ足しにすぎなかったことがわかる。

　ちょうどその頃、アリスはおかしな感覚に陥って、戸惑う。それが、再び身体が大きくなり始めていることだとわかって、退廷しようかと

> 'I wish you wouldn't squeeze so,' said the Dormouse, who was sitting next to her. 'I can hardly breathe.'
> 'I ca'n't help it,' said Alice very meekly: 'I'm growing.'
> 'You've no right to grow *here*,' said the Dormouse.
> 'Don't talk nonsense,' said Alice more boldly: 'you know you're growing too.'
> 'Yes, but *I* grow at a reasonable pace,' said the Dormouse: 'not in that ridiculous fashion.'

も思ったが、大きくなってもいられるうちはいよう (as long as there was room for her) と思い直す。

　隣のヤマ寝に、「そんなに押さないでほしいものだね、息ができないじゃないか」と言われたアリスは、「仕方がないのよ。だって私今大きくなっているの (I'm growing)」と返事する。ここでは大きくなる権利なんてないのだ (You've no right to grow *here*)、のことばにアリスは大胆にも、「ばかなこと言わないで、あなただって大きくなっているでしょう (you know you're growing too)」と答

える。するとヤマ寝は、アリスはばかげたやり方で大きくなっており、自分はまともなペースで成長している（*I grow at a reasonable pace*）と主張する。

　成長を表す語growをめぐる、アリスとヤマ寝のやりとりを見てみよう。不思議な力でどんどん身体が大きくなっていく最中のアリスにしてみれば、突然大きくなっても、とやかく言われるものではない。しかしヤマ寝から見れば、突発的に大きくなるのは、いわゆる一般常識的な〈成長する〉という概念からはずれていて、とても認めるわけにはいかない。「'grow'というのなら、時と場所をわきまえろ」とばかりにたしなめる。《成長する》と《大きくなる》に対する見方の違いが、二人の置かれた状況で増幅されているといえよう。これはおまけに、あくまで時間の特定を受けない（timeless）一般論の単純形と、そのまっただなかにある進行形という文法形式の違いに、ヤマ寝とアリスの認識の差が反映されている。

　その間じっと帽子屋を見ていたクイーンが、この間のコンサートの歌手のリストを持って来るように命令する。帽子屋は、恐怖のあまりぶるぶると震えて、靴が脱げてしまうほどである。本来なら、震えて頭の帽子が落ちてしまうほどであろうが、さすが帽子屋というべきか、商売道具の帽子はしっかり頭の上にのっけたままで、靴の方が脱げてしまうのである。

【証言】
　証言しなければ処刑させると言うキングの脅しに、帽子屋は震える声で弁解を始める。キングは帽子屋の最後のことばが聞き取れなかった。そこで、'The twinkling of *what*?'（何がキラキラじゃ）と聞き返す。帽子屋は、もちろんwhatに答えるつもりで、'It *began* with the tea.'（始まりはティで）といきさつを答えようとする。とこ

> 'I'm a poor man, your Majesty,' the Hatter began, in a trembling voice, 'and I hadn't begun my tea—not above a week or so—and what with the bread-and-butter getting so thin—and the twinkling of the tea—'
> 'The twinkling of *what*?' said the King.
> 'It *began* with the tea,' the Hatter replied.
> 'Of course twinkling *begins* with a T!' said the King sharply. 'Do you take me for a dunce? Go on!'

ろが、キングはこれを〈ことばについてことばする〉メタ言語ととり、「(twinklingということばは) ティで始まる」と、わかりきった単語の綴り字を教えられたと思い、ばかにされたと怒る。お茶のteaとアルファベットのTが同じ発音であることから成立したことば遊びである。ちなみにガードナーは、キングにさえぎられなかったならば、帽子屋はおそらくtea-trayと続けたかったのであろうと説明をつけている。単語の頭文字ではなく、事件の発端を話すつもりで、VII章のコウモリを歌った歌のことを思い出したのである。空でキラキラ輝いている(twinkling) ティトレー (tea-tray) と。

キングに「さっさと証言せよ」とせかされても、気もそぞろの帽子屋は、しどろもどろでしゃべりだす。それは、お茶の格好のままで来た言い訳であった。

帽子屋は、三月ウサギのせいにしようと'only the March Hare said—'と言い出すと、すかさず、三月ウサギは、'I didn't!'と反論して、'You did!' 'I deny it!'と水掛け論になる。このときの、三月ウサギと帽子屋の言い合いは、否定されるべき内容が明らかにされないうちに、〈した―しない〉という議論になってしまっている。一見激しい応酬をしているようでも、そのもとになる内容は、まだ何も開示されていないのである。現に、陪審員からその内容を聞かれても、帽子屋は答えられないのである。ここにも、XI章のテーマの〈ミセ掛け〉が見えかくれする。

キングが、「本人が否定するのだから、この項削除」と、助け船を出す。そこで、帽子屋は、今度はヤマ寝のせいにしようとする。ちょうどヤマ寝は、ぐっすり寝ていたので、何も反論できなかった。うまくいきそうだったが、なんと言ったのかと陪審員から尋ねられ'That I ca'n't remember.' (覚えてません) と白状する。しかし、キングに'You must remember, or I'll have you executed.' (ちゃんと覚えていなければ、処刑するぞ) とピシャリと言われて、とうとうティカップとパンを落として、ひざまずいて、また命ごいを始める。'I'm a poor man, your Majesty,' (私はしがない者です) と。これに対して、キングは、'You're a *very* poor *speaker*.' (お前は、話しがない者だ) と見事に切り返して、やんやの喝采を受ける。

さて、あのキングが、あまりに見事に帽子屋のことばどりをして切り返したので、観衆の一匹のテンジクネズミ (guinea-pig) がやんやの喝采をして、法廷の役人に、その場で鎮圧 (suppress) される。ここで、作者キャロルは、読者サービスとばかりに、カッコを使って、鎮圧のしかたを具体的に説明する。大きなズタ袋を、テンジクネズミの頭からかぶせて、その上にすわるというものである。まさに、文字どおり《sup-（下に）+ press（押す）》、上からすわって下に押しつけるのである。ぐうの音も出ない。アリスは、新聞の法廷記事でsuppressということばを見たことがあったが、これでやっとその意味がわかったと思う。

【退廷】

　「それだけしか知らないのなら、もう下がってよろしい」と言うキングのことばに対して、「この通り、床の上ですから、これ以上、下には下がれません」と帽子屋は、二重否定で答える。実は、キングの言った

> 'If that's all you know about it, you may stand down,' continued the King.
> 'I ca'n't go no lower,' said the Hatter: 'I'm on the floor, as it is.'
> 'Then you may *sit* down,' the King replied.

stand downは法廷用語で、《証人が証人台から退く》という意味である。その慣用句的意味を知らないのか、帽子屋は文字どおりに《下に立つ》と解釈して、standはちゃんとしてるが、downはこれ以上できないと反論する。それに対するキングの答は、'Then you may sit down.'（なら、すわればよいではないか）と、downできないと言うなら、standの代わりにsitすればdownできると言う。勝手に、慣用句の一部のdownを基点にして、standをsitに置き換える。これは、downはそのままにして、物理的位置をstandからsitにすることで変えようとするものである。さも法廷らしく、法廷用語を使っているようでも、キングも帽子屋も結局は、その本当の意味はわかっていないのか、とんちんかんなやりとりになってしまった。しかし見ようによれば、キングの答は、彼らしからぬ当意即妙なものなので、別のテンジクネズミが喝采をして、また鎮圧されるのである。

　その間も帽子屋はハラハラドキドキ、クイーンの様子をうかがっている。クイーンは、コンサートのリストを見ている。「もう帰ってよろ

しい」とのキングのことばを聞くや、脱げた靴をはくのももどかしく、さっさと退廷する。やっと帽子屋のことを思い出したクイーンの'—and just take his head off outside.'（外で首はねぇー！）は時遅く、帽子屋は役人が来る前にさっさと姿をくらましてしまう。

結局、第1証人帽子屋は、裁判に関する証言はおろか、「おかしな茶会」で披露された例の時漢とのいきさつの蒸し返ししかしていないのである。あれだけ、アリスの前では威勢の良かった庇理屈屋の帽子屋も、先のコンサートで一度は処刑を宣言されただけに、クイーンを恐れて、しどろもどろとなったのである。

第2証人──料理人

キングが「次の証人」と喚問すると、登場したのは公爵夫人の料理人であった。第2証人が入廷する前から、戸口にいたものがクシャミをし始めていたので、アリスにはそれが誰か見当がついた。はたせるかな、料理人が手にコショウ入れを持って登場する。

証言をうながすキングに、料理人は'Sha'n't.'とまことにぶっきらぼうに答える。相変わらずの機嫌の悪さである。その剣幕に気押されながらも、キングは白ウサギに叱咤される。

白ウサギの「陛下はこの証人をよくお調べにならねばなりません」（Your Majesty must cross-examine *this* witness.）を、mustの語にひっくるめて、キングは'Well, if I must, I must.'（ねばならぬなら、ねばならぬ）と、同じ語を異なるレベルで巧妙にくり返す。ちなみに、cross-examineは法律用語では相手側の証人に反対尋問するという意味であるにもかかわらず、白ウサギは裁判長であるキングに向

'Give your evidence,' said the King.
'Sha'n't,' said the cook.
The King looked anxiously at the White Rabbit, who said, in a low voice, 'Your Majesty must cross-examine *this* witness.'
'Well, if I must, I must,' the King said with a melancholy air, and, after folding his arms and frowning at the cook till his eyes were nearly out of sight, he said, in a deep voice, 'What are tarts made of?'

第11章 ミセ掛けの裁判──ねばならぬなら、ねばならぬ　*173*

かって「厳しく詰問する」必要があると詰め寄る。

キングは白ウサギに後押しされて、しばらく腕組みをして、額に八の字を寄せて料理人をにらみつけながら、なんとか質問を捻り出す。問題となっているタルトは何で作るのか、に対する答は 'Pepper, mostly.' である。

そこで、ヤマ寝が思い出したように 'Treacle.' と寝ぼけ声で口をはさんで、クイーンの怒りをかって、あらん限りに口汚くののしられる。首を切られてはたまらないと逃げまどうヤマ寝を追いかけて、法廷は大混乱におちいる。やっと、ヤマ寝を追い出して、落ち着きをとり戻したときには、もうすでに料理人の姿はない。二言言っただけで、勝手に退廷してしまった。ここで、クイーンを恐れてびくびくしていた帽子屋と、とりつくしまのない料理人に対するキングの態度が対照的であるのもおもしろい。

キングは、料理人がいなくなってかえってほっとした様子で、次の証人を喚問する。そして 'It quite makes my forehead ache!' と、額が痛いからクイーンに交代してくれと頼む。普通なら 'It quite makes my head ache!' であるが、頭を使わずに額に八の字を寄せて料理人をじっとにらみ続けていたので、痛くなったのは head ではなく forehead であった。《頭痛》ならぬ《額痛》がするからというわけである。

アリスは、まだ大した証拠も出ていないと冷静に判断しながら、さて次の証人は誰かと興味しんしんである。と白ウサギが読みあげたのは、誰あろうアリスの名前であった。

第12章

夢からさめて

「XII　アリスの証言」のあらすじ

　次に召喚された第3証人は、アリス本人であった。アリスは裁判のばかばかしさに我慢できなくなり、ハートのクイーンの脅しに対して、「たかがカードじゃないの！」とその正体を暴いてしまう。するとカードたちがいっせいに舞い上がり、アリスに降りかかってくる。それは顔に降りかかる木の葉を払うお姉さんの動きになって、夢から覚めるのである。そして、アリスは夢の話をお姉さんにして、それを聞いたお姉さんが夢の総括を行い、アリスの未来に思いを馳せる。

第3証人——アリス

【召喚】

　身体が大きくなったのを忘れて、アリスが慌てて返事をして立ち上がったとたん、スカートの裾で陪審員席をひっくり返してしまう。陪審員たちは、下にいた傍聴人たちの上にまっ逆さまに落ちて、さながらひっくり返した金魚鉢の金魚のようにうごめいている。アリスは謝りながら、慌てて陪審員たちをつまみ上げてもとに戻す。と、キングがアリスをにらんで、'The trial cannot proceed until all the jurymen are back in their proper places—all.'（裁判は陪審員全員がちゃんと元の場所につくまでは始められない—すべてにおいてだ）と言う。見れば、あんまり慌てていたので、トカゲを逆さまにおいていたのだった。本来ならば、proper placeというのは、定められた自分の席のことである。この場合は、正しい場所に戻るだけでなく、戻ったときの格好も含め *all* が問題になる。格好はとりたてて言うこともない当たり前のことであるが、ここでは、慌てたアリスが逆さまにしたので、問題となった。

> *異分析：語または語群が本来とは異なった仕方で行われる分析。たとえば、apronという語は元々napronなのでa napronであった。これがan apronと異分析され、apronとなった。

キングに言われて、アリスはトカゲをもとに戻してやるが、あくまで冷静に、こんな独り言を言う。「たいして違いがあるわけじゃないわ (not that it signifies much)。裁判で役にたつかは、逆さまだろうがなかろうが、まったく同じことよ (I should think it would be *quite* as much use in the trial one way up as the other.)」と言う。逆さまでなくったって、たいして役に立つわけじゃないから、とお見通しである。

> 'What do you know about this business?' the King said to Alice.
> 'Nothing,' said Alice.
> 'Nothing *whatever*?' persisted the King.
> 'Nothing whatever,' said Alice.
> 'That's very important,' the King said, turning to the jury. They were just beginning to write this down on their slates, when the White Rabbit interrupted: '*Un*important, your Majesty means, of course,' he said, in a very respectful tone, but frowning and making faces at him as he spoke.
> '*Un*important, of course, I meant,' the King hastily said, and went on to himself in an undertone, 'important—unimportant—unimportant—important——' as if he were trying which word sounded best.

【証言】

キングに「この件についてなにか知っておるのか？」と聞かれたアリスは 'Nothing.' と答える。キングは 'Nothing *whatever*?' と畳みかけ、'Nothing whatever.' とアリスは復唱して答える。非常に簡潔で要をえた問答である。

証人アリスのこの答を聞いたキングが 'That's very important.' と言うのに対して、白ウサギが '*Un*important, your Majesty means, of course.' と厳しくさえぎる。その様子に気後れしたキングは慌てて、'*Un*important, of course, I meant.' と訂正するが、その後小声でimportantとunimportantのことばを試すかのようにくり返す。まるでimportantを異分析*したように否定の接頭辞im-を取り出して、ひっかかっている。否定の接頭辞un-とim-を繰り返しているうちに、否定の掛け合わせで訳がわからなくなって、語感を試そうとしているようである。

ところで、これは、白ウサギが言うような単なることば遣いのミス

第12章　夢からさめて　*177*

なのであろうか。いわゆるメタ言語のレベルでの語の入れかえの問題ではあるものの、語の意味まで考えると、まったく正反対になるのだから、その落差が増幅されて、とんでもない間違いと思われる。なるほど、手順通りに裁判を進めて行くには、白ウサギの言うように、アリスの言うことなどいちいちかかわり合ってはいられない。その証拠に、アリスの前の二人の証人とも、証言らしい証言などしていないからである。単に、形式的に証人を召喚したということが大事なので、その証言内容などは少しも問題にしていないのである。これが、不思議の国の裁判の基調をなす〈ミセ掛け〉である。

ただし、ひとたびアリスの証言の内容を吟味すると、キングがはからずも言ったように、大変重大なことなのである。証言資格のない証人を召喚したことになり、裁判そのものの権威を揺るがすことになるからである。本来は、単なる言い違いではすまされないところである。ところが、キングは、たまには良いことを言うのだが、強妻のクイーンの言いなりになる日頃の癖が出たのか、反論されると、いともあっさりと盲従するのである。一方またしても陪審員たちは、思い思いにimportantまたはunimportantということばを石板に書きつける。それを見てもアリスは、もう「どうでもいいことだわ」と気にもとめない。

手帳になにか書きつけていたキングが、やおら静粛を求めて、にわか仕立ての条文を読みあげる。「第42条　身長1マイル以上ノ者、退廷スベシ」。皆がアリスの方を見るので、アリスがそんな1マイル（約1,609m）もないと否定すると、クイーンが大げさに2マイル近いと加勢する。しかしアリスは、「とにかく出て行かないわ」と宣言して、この条項はキングが今作ったばかりで、正規のものではないと反論する。キングは否定するために、最古のものだと権威づけて言い返す。そこをすかさずアリスが、それなら第1条のはずだと逆襲する。

> At this moment the King, who had been for some time busily writing in his note-book, called out 'Silence!', and read out form his book, 'Rule Forty-two. *All persons more than a mile high to leave the court.*'
>
> Everybody looked at Alice.
> '*I'm* not a mile high,' said Alice.
> 'You are,' said the King.
> 'Nearly two miles high,' added the Queen.
> 'Well, I sha'n't go, at any rate,' said Alice: 'besides, that's not a regular rule: you invented it just now.'
> 'It's the oldest rule in the book,' said the King.
> 'Then it ought to be Number One,' said Alice.

見事に論破されて、青ざめたキングは、慌てて手帳を閉じて、評決をうながす。

【新証拠】

今度は白ウサギが慌てて、「まだ証拠があります」と書類を提出する。ここから、この新たな証拠は誰が書いた手紙か、どういう内容の詩かと、大論争が始まる。

白ウサギの手紙説（it seems to be a letter, written by the prisoner to—to somebody）は、あっけなく覆される。およそ手紙なら、当然宛先があるはずが、これには表書きがないので、手紙ではないと認めざるをえない。実際開けてみると詩が書いてあるだけであった。

> 'I haven't opened it yet,' said the White Rabbit; 'but it seems to be a letter, written by the prisoner to—to somebody.'
>
> 'It must have been that,' said the King, 'unless it was written to nobody, which isn't usual, you know.'
>
> 'Who is it directed to?' said one of the jurymen.
>
> 'It isn't directed at all,' said the White Rabbit: 'in fact, there's nothing written on the *outside*.' He unfolded the paper as he spoke, and added 'It isn't a letter, after all: it's a set of verses.'
>
> 'Are they in the prisoner's handwriting?' asked another of the jurymen.
>
> 'No, they're not,' said the White Rabbit, 'and that's the queerest thing about it.' (The jury all looked puzzled.)
>
> 'He must have imitated somebody else's hand,' said the King. (The jury all brightened up again.)
>
> 'Please your Majesty,' said the Knave, 'I didn't write it, and they ca'n't prove that I did: there's no name signed at the end.'
>
> 'If you didn't sign it,' said the King, 'that only makes the matter worse. You *must* have meant some mischief, or else you'd have signed your name like an honest man.'

ここでおもしろいのは、白ウサギが手紙を誰かに宛てたものであると前提扱いしたときに、それを援護するようにキングが 'It must have been that, unless it was written to nobody, which isn't usual, you know.'（手紙は、囚人がnobody宛に書いたというのでなければ、誰かに宛てて書いたものに違いない。誰にも宛てないで書くということは普通では起こりえないからな）と言う。白ウサギのことばの、明示されてないが指示対象をもつsomebodyに対するように、キングはnobodyということばを使っている。まるでnobodyなる者がいるかのような口ぶりである。なお、その間の陪審員の反応は、(The jury all looked puzzled.) (The jury all brightened up again.)とカッコの中に入れて、その一喜一憂ぶりが示される。

ところで、証拠詩が被告の筆跡でないと実に大変な（the

第12章 夢からさめて　179

queerest) ことになる。そこで、キングが誰かの筆跡をまねたものだとうまくすり抜ける。「署名がないから、私が書いたとは証明できない」と言うジャックの正論に対し、「署名がないなら、初めから企んで書かなかったことになり、なお悪い。そうでなければ、正直に署名していたはずだ」とキングがやり返す。

虫の目⑰　何を指すのか？

証拠として出された詩の、問題となる代名詞を中心に見てみよう。代名詞をあえて英語のまま使って訳をし、その後に、キングがどうこじつけるかをつけ加える。

They told me you had been to her,	they が me に語るには you は her の所に行って
And mentioned me to him:	me のことを him にしゃべったと
She gave me a good character,	she は me の人物は保証するが
But said I could not swim.	泳げないよと言ったとな

I could not swim の I は、被告ジャックにピタリと当てはまる。つまり、ジャックは全身ボール紙でできているのだから、泳げるはずがない（これに勢いを得て、短絡的に、一方的に話を進める）。

He sent them word I had not gone	he が them に伝えるには I は出かけず
(We know it to be true):	（それは本当だと we も知っている）
If she should push the matter on,	she がことを押し進めていたならば
What would become of you?	you はいったいどうなることか

We know it to be true の we は、もちろん白黒つける陪審員のことを指す。If she should push the matter on の she は、クイーンに違いない。クイーンとくれば、「お前の運命やいかに。」（What would become of you?）は、まったくその通りだ。

これはキングが、いわゆる嘘つきのパラドックスを使った論立てをしたのである。書いたはずなのに書いていないと言う、ジャックのような嘘つきの言うことは、まったく信用できない。したがって、その裏をかいて、意地悪く解釈する。悪いことを企んでいたからこそ、証拠となるような署名はしなかったのだということにする。いずれにし

I gave her one, they gave him two,	I は her に一つ they は him に二つ
You gave us three or more;	you は us に三つ以上与えた
They all returned from him to you,	they はみな him の所から you に戻った
Though they were mine before.	だが they は以前は mine であった

I gave her one, they gave him two は、ジャックのタルトの処分法に違いない。つじつま合わぬとアリスは言うが、They all returned from him to you. ほれこの通り、タルトは戻ってきて、テーブルの上にあるではないか。

If I or she should chance to be	もし I か she がこの一件に
Involved in this affair,	巻き込まれようものなら
He trusts to you to set them free,	he は you に them の放免を信用し任す
Exactly as we were.	まさしく we がそうであったように
My notion was that you had been	my の考えでは you は
(Before she had this fit)	(she が発作を起こす以前は)
An obstacle that came between	him と ourselves と it の間を
Him, and ourselves, and it.	邪魔するものだった

Before she had this fit の she もクイーンらしいが、本人は否定しているので、ちっともわからない。

ても、ジャックが書いたことには変わりがないのである。

　アリスが、誰の字かという外観にばかりかまけていて、内容の吟味なしですませてしまうのか、と問題提起する。そこで、証拠詩が読み上げられることになり、眼鏡をかけた白ウサギがどこから始めようかと尋ねる。それに対して、キングは実に厳かに'Begin at the

Don't let him know she liked them best,
　For this must ever be
A secret, kept from all the rest,
　Between yourself and me.

sheがthemが一番好きだったとは
　himに知られてはならぬのは
これは絶対他の皆には伏せるべき秘密
　yourselfとmeとの間だけ

　多用されている代名詞が、何を指示するのか非常に漠然としていて、その無意味さは混乱を引き起こすのみである。文法的にはまともであっても、代名詞の指示対象が完全にお手上げである。それでもキングは、この詩からジャックを犯人に仕立てようとして、代名詞が何を指示するのかのこじつけを強行し、なんとか辻褄あわせをしてしまう。これは、指示する対象が特定されないことを逆手にとったもので、証拠としての無意味さがますます浮き彫りになってしまう。

　このように、キングは詩の流れを無視して、こまぎれに1行だけをもってきて、最初「意味がなければ、捜す労もいらぬ」と言ったのに反し、実際には、なんとか意味を捜し出そうと悪戦苦闘する。形だけでも意味をこじつけようとする労は、本来意味がないものだけに、計り知れない。ずいぶん苦労したあげくに、無理やり捜し出したのは、断片的な文字どおりの意味だけで、詩全体の解釈となると皆目見当がつかないものとなった。

　ガードナーによると、当時アリスという少女への愛が歌われている'*Alice Gray*'という感傷的な歌がはやっていたが、この歌の韻律と最初の行を借用してキャロルが8節のナンセンス詩、'*She's All My Fancy Painted Him*'を1855年ロンドンの*The Comic Times*に発表した。この自作の詩をかなり変えて、できあがったのがこのパロディであるとされている。

beginning, and go on till you come to the end: then stop.'とごく当たり前のことを言う。しかし、読み上げられた証拠詩は、よく読むと代名詞が連発されているのに、誰を指すのかさっぱりわからない代物である。[虫の目⑰]

　この証拠詩にキングは、importantの最上級を使って、'That's the most important piece of evidence we've heard yet, so now let the jury －'と評決を急ぐ。ところが、今ではすっかり身体も大きくなって、恐れを知らぬアリスが横やりを入れる。詩のナンセンスぶりに、意味のかけらもないと思ったからである。ところが、キングはすまして、意味がなければ意味を捜さずともすむので、面倒がない (If there's no meaning in it, that saves a world of trouble, you know, as we needn't try to find any . . .) と言い放つ。実はここに、不思議の国の裁判をとく鍵が露呈される。内容を求めないで、体裁だけを整えるミセ掛けの態度である。したがって、そのような証拠を the most important としたキングの態度は、白ウサギにとがめられた important の使い方と呼応して、実に示唆的である。

　証拠詩の解釈を続けるキングはクイーンに向かって「詩には『彼女がかんしゃく(fit)を起こした前』とあるが、あなたはかんしゃくを一度も起こしたことはないと思いますが」と丁寧に確認する。クイーンは怒って「とんでもない」と言いながら、トカゲにインクスタンドを投げつけた。その事実を前にしてもキングは、「それではこのことばは、あなたには当てはまり(fit)ません」と、ほほえみながら法廷を見回しながら言っても、法廷は静まりかえっているだけである。

> 'Nothing can be clearer than *that*. Then again— "*before she had this fit*"— you never had *fits*, my dear, I think?' he said to the Queen.
> 'Never!' said the Queen, furiously, throwing an inkstand at the Lizard as she spoke.
> ....
> 'Then the words don't *fit* you,' said the King, looking round the court with a smile. There was a dead silence.

　最初のfitは《かんしゃく》を意味する名詞であり、後出のfitは動詞で《当てはまる》を意味する。キングはしゃれのつもりで、あえてこの同音異義語を使ったにもかかわらず、その場の誰も反応はしなかった。というより、その場の者たちは、現にかんしゃくを起こしてトカゲのビルにインクスタンドを投げつけたクイーンを目の当たりにし、笑うに

笑えなかったのである。したがって、このことば遊びはこの状況では、不発になりかけたが、キングの「しゃれだ」(It's a pun!)と言う怒り声に、皆が笑って応じる。

　続いて、キングがその日20回目位の評決(Let the jury consider their verdict.)をうながし、またしても追い打ちをかけてクイーンが判決が先(Sentense first—verdict afterwards.)と言う。あまりのいい加減さに'Stuff and nonsense!'と反発したアリスは、クイーンと口論になり、'Off with her head!'と宣言される。そのときには、アリスはもうすっかり元の大きさに戻っている。そして、とうとう「あなたた

鳥の日⑬　「ミセ掛けの裁判」裁判

　裁判を行うには、客観的な証拠をもとに評決、判決に至る手順が必要である。ところが、不思議の国の裁判は、始まる前から、犯人は、ジャックに決まっている。その証拠として出された書類の審理にしても、始めからジャックが書いたものとして議論される。たとえ署名がなくても、キングが言うように、それは下心があってのこととされ、どちらに転ぼうが、マザーグース通りにジャック犯人説は揺るがないのである。ジャックがタルトを盗んだ犯人ではないという可能性を考慮にいれていない。したがって、形だけの審理であり、ジャックにとっては、八方ふさがりの裁判である。本来裁判は、白紙の状態から、証拠により可能世界を限定して行くものであるのに、始めから他の可能性を排してしまう、という不法なミセ掛けの裁判となる。

　裁判長を務めるキングは、およそ公平さにはほど遠く、被告ジャックを最初から犯人と決めつけて、裁判をとりしきる。そして二言目には、評決をうながす。たまには、気のきいたことも言ったりするが、白ウサギやクイーンの言いなりで、いつも自信なさそうに相手の反応をうかがう。そして、大奮闘するのは、ナンセンス詩相手に、ジャック有罪の証拠にしようと、ありもしない意味をこじつけにこじつけたときだけである。

　陪審員たちは、例のトカゲのビルを含む、寄せ集めの生き物から構成される。裁判の始まる前から、一所懸命石板に書きつけるのは自分たちの名前である。陪審員のばかさ加減が、使用されるstupid自体の意味と響きあって増幅される。さらに、陪審員席から逆さまにひっくり返されようが、裁判にはたいした影響はない、とアリスに看破

ちなんか、怖くはないわ。たかがカードじゃないの！」('Who cares for *you*? You're nothing but a pack of cards!') と相手の正体を暴露してしまう。

アリスのこのことばにカードたちがいっせいにアリスに降りかかってくる。そしてそれは、顔に降りかかる木の葉を払うお姉さんの動きに重なって、アリスは夢から覚めるのである。

される。

証人として喚問された帽子屋と料理人とアリスは、いずれも審理中の件とはまったく無関係で、証言しようにもできるはずがない。帽子屋は関係ない話に終始し、料理人は二言にべもない。最後のアリスは、むしろ途中から弁護人よろしく裁判のナンセンスぶりを指摘する。

証拠物件として提出された書類も、初めは手紙のはずだったのに、あっけなくただの詩となる。さらに、特定できない人称代名詞があふれる詩の解読が強引に試みられる。そして、きわめつきはクイーンの口出しである。なんでもかんでも 'Off with his head!' または 'Sentence first—verdict afterwards.' で片づけようとする。

たしかに、法廷につきものの〈裁判長〉、〈陪審員〉、そして〈証人〉は登場する。しかし彼らは、現実にあるものの名を冠してはいても、それにふさわしい働きをしていない。この裁判は、ちょうどシッポ文の中で出てきた野良犬のFuryの無法な裁判話と妙に符合する。被告の有罪は、始めから決まっている。ただ、裁判の形式を整えさえすればよい。内容は問題ではないのである。Furyは、それをなにもかも自分一人でしようとする。一方、カードの裁判では、それぞれの役割分担があって、体裁は整っているだけに、その形式と内容との落差は大きく、ミセ掛けの裁判である。

現実にあるものの名を借りているだけの内容のない、あまりのばかばかしさにがまんできず、とうとうアリスの怒りが爆発する。そして、「たかがカードじゃないの！」という切り札の一言で、裁判はまさに空中分解する。そしてアリスの夢も終わる。

鳥の目⑭ アリスの伸び縮み

　アリスの不思議の国の冒険は、ウサギ穴への落下に始まり、カードの落下に終わる。地の底についてからのアリスは、身体の伸び縮みを経験し、そのあまりの変わりようにアイデンティティの危機さえ感じるほどであった。アリスの伸び縮みが具体的にどのようなものであったかを、図・表で示しておこう。

アリスの伸び縮み

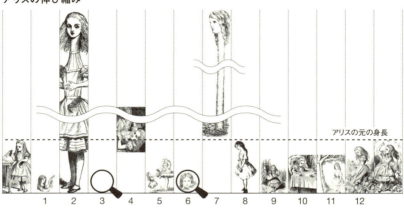

段階	順番	章	原因	結果	向き
予想外	1	I	ラベル付きビンを飲む	10インチ	↘
	2	I	指示付きケーキを食べる	9フィート以上	↗
	3	II	白ウサギの手袋と扇子を使う	約2フィート→縮み切るところ	↘
	4	IV	白ウサギ家でビンを飲む	頭が天井につかえる	↗
	5	IV	白ウサギ家でケーキを食べる	3インチ	↘
試行錯誤	6	V	キノコの右端をかじる	顎が足につく	↘
	7	V	キノコの左片をのみこむ	ろくろ首が森の上に突き出る	↗
	8	V	キノコの両端をかじる	いつもの背丈	↘
調整	9	VI	キノコの右端をかじる	9インチ	↘
	10	VII	キノコの左端をもう少し	約2フィート	↗
	11	VII	キノコを少しかじる	約1フィート	↘
自然	12	XI-XII	自然に大きくなる	元の背丈に戻る	↑

アリスの身体の伸び縮みは、大きく4段階に分けられる。まず、思いがけない身体の変化にアリスが困惑する予想外の段階、イモ虫に教えてもらったキノコを食べて試行錯誤の段階を経て、自分で調節する段階、そして自然に元に戻っていく自然な段階である。この間、アリスにとっての自分のいる位置は、具体的には自分の身長に応じた目の高さとして、登場する生き物たちとの関係に比ゆ的に反映される。アリスの身長とその時々に出会った住人たちとの相対的な位置関係、すなわちどちらが大きいかにより身分の上下関係が決定されてしまう。物理的に見下ろす目線が、登場人物との関係においても見下ろす目線に見立てられるのである。そのような関係の中で、アリスは冒険を続けていく。

　そうなると、アリスの身の丈の変化の上下動が、さまざまな場合の冒険のきっかけとなっていると考えられる。たとえば、白ウサギの家の中で大きくなったり小さくなったりしたときのアリスと白ウサギの関係に直結する。アリスは小さくなると白ウサギにメイドに間違えられて命令され、大きくなるとことばを返して白ウサギが遣わしたトカゲのビルを撃退する。イモ虫が教えてくれたキノコを食べることで、身体を意識的に相手に合わせて調節できるようになってからは、おかしな茶会に制止されたのにもかかわらずすわり込む。美しい庭に入ってからは、高圧的なクイーンにも、相手はたかがカードと思うなど、現実とのずれを意識し始める。最終的に、自然に自分の元の身の丈に戻ってからは、「カードのくせに」と事実を口にして暴露したところで、アリスは夢から覚めるのである。

　当初、外的に引き起こされた身体の上下動が、キノコで調整、あるいは自然に行われるようになるうちに、アリスは自分を取り戻し、最終的には地底の国と対峙することとなる。身体の変化をコントロールできるか否かは、地下の国への適応にも見立てられることになる。

　最初は美しい庭に通じるドアが通れるように、身体を調節できればいいと思ったものの、地底の国に適応するためにはアイデンティティまで危うくなる羽目になる。適応が完了し、アイデンティティと身長が回復されていくと、皮肉にもずれが意識されるようになる。結局、アリスの経験する身体の変化すなわち上下の動きは、地底の国への適応を目指した不思議の国の住人たちとの縦の関係作りのきっかけであると考えられる。

　この見立てという内的関係があればこそ、地上では考えられなかったような上下転倒の関係や自由な冒険を可能にする世界が読み取れる。アリスの変化する身長つまり目の高さが指標となり、その変異の段階でもたらされるエピソードが次々と展開され、その積み重ねで物語が重層的に構成されていくのである。

夢から覚めて

目覚めたアリスは「まあ、なんて変てこな夢を見てたんでしょう」（Oh, I've had such a curious dream!）と言いながら、お姉さんにその変わった冒険話（all these strange Adventures of hers）を語ると、お姉さんも「変てこな夢だったわね」（It *was* a curious dream, dear, certainly.）と返す。そしてアリスは、我ながら素敵な夢だった（what a wonderful dream it had been）と思いながら、お茶へと走って行く。

しかし物語はこれで終わらない。そのあとアリスの夢物語を聞

魚の目④ ナンセンスとノンセンス

150年の時を経てもなおアリスの魅力を伝えるのは、ことば遊びや論理遊びである。それらの遊びに通底する精神をまとめておきたい。つまり、ナンセンスに終わらずノンセンスに止揚させるものである。

高橋（1977）によると、ノンセンスは、単にばかばかしいナンセンスとは違う。ノンセンスは、既成の秩序や価値感や意味に疑問を投げかけるものである。はぐらかしたり、突っ込みを入れたり、逆転させたりして、思いがけないギャップを露わにし、醒めた笑いを誘う。ノンセンスは一見偶然・出鱈目でありながらも、厳密な方法や価値観に則って意識的に遊びが展開されていく。意外な落ちと、なるほどという納得がなければ、ノンセンスとはならない。つまり、訳のわからぬナンセンスにとどまらず、訳のあったノンセンスへと仕立て上げるのである。

たとえば、地底の国に着いて間もないころのアリスは、自分が自分でないような気持に陥る。アリスは、こんなに身体が変化してしまうなんて昨日までの自分とは思えないので、それに替わる自分は「誰」かと考える。それに似つかわしい候補として、実際に自分が知っている友だちを思い浮かべるが、自分の〈なりたいと思う人〉の名前で呼ばれるまで、穴の底でがんばってみようと思う。こういったアイデンティティ捜しをナンセンスの一言で片づけるのは簡単である。しかし、友だちの名前をあげながら「私は一体誰？」と考えるアリスは、最初は自分と友だちとの「似つかわしさ」から判断する。つまり、そこにはアリスの自分らしさが基準として働いているのである。ところが、あくまでラベルとしての名前にこだわるので、友だちの名前で間に合わないのなら、さら

> So she sat on, with closed eyes, and half believed herself in Wonderland, though she knew she had but to open them again, and all would change to dull reality—

いたお姉さんもまた、夢見心地になってアリスの素敵な冒険 (all her wonderful Adventures) をたどって追想する。

　お姉さんは、目を閉じすわっていると、自分も不思議の国 (Wonderlandということばは本文中ここで初めて使われる) にいるような気持ちになる。もっとも、目を開ければすべてが退屈な現実に戻ると知りつつも、耳を澄ますと妹の夢に出てきた変わった生き物 (strange creatures) が周りにいて、自分も不思議の国にいるよに自分にとっての「望ましさ」という新たな基準をもちだす。結局は「なりたいと思う人の名前X」がわかるまで待つという、虫のいい落ちにもっていくことで、ノンセンスに仕立て上げられていく。

　さらに、重奏していくノンセンスとしては、おかしな茶会が代表例であろう。アリスがお茶会のテーブルに近づくと、「あいてないよ」と制止される。しかし三月ウサギ、帽子屋とヤマ寝が大きなテーブルの片隅にすわっているので「たくさんあいているじゃない」と言い返してすわり込む。お前がすわる場所はないよと社交的に拒否されたのに、アリスは物理的にすわる場所ならたくさんあると反論して、勝手にすわり込む。このおかしな茶会は、そもそも席が〈あるのにないかのように〉言った真意を考えず、勝手にすわり込んだアリスのマナー違反が引き金となる。その後、それを逆手にとった言い種〈ないのにあるかのように〉が次々と畳みかけられる。まさに、おかしいなりに筋の通ったノンセンスな世界となっていく。アリスは、続けざまのカウンターパンチにとうとう堪忍袋の緒が切れて、退席してしまう。彼らの思惑通りの展開となる。

　また、カードの裁判は、お膳立てされていてもミセ掛けだけでしかなく、アリスはとうとうそれに我慢できなくなり、夢からさめるのである。

　このように、一見するとばかばかしいようでも、理をはらむばかばかしさ「愚の理」(method in madness) のみならず、理がはらむばかばかしさ「理の愚」(madness in method) まで材料にして、ことば遊びと論理遊びを重層化させるのである。

うな気になってしまう。ここでお姉さんにより、アリスの夢の追想で取り上げられた事柄が、現実世界と突き合わされて、夢解きが行われる。ただし、目をつぶって耳を澄ましているので、すべて音を手がかりとした夢解きとなっている。

不思議の国	現実
(白ウサギの急ぎ足の音)	草が風にそよいでいる
(驚いたネズミが泳いで逃げる池の水音)	葦のそよぎに漣が立つ
ティカップのカチャカチャいう音	チリチリンとなる羊の鈴の音
クイーンの金切り声の叫び	羊飼いの少年の声
赤ん坊のクシャミ	忙しい農場の入り乱れた騒音
グリフォンの金切り声	
その他の奇妙な音（トカゲのペンのきしる音、鎮圧されたテンジクネズミの咽び声）	
ニセ海亀の咽び泣き	遠くの牛の鳴き声

　お姉さんは夢見心地ながらもさまざまな声や音を退屈な現実に結びつけて、夢解きをする。上の表のカッコ表記のものは、お姉さんの追想との対応から推測したものであるが、ニセ海亀の声は、現実では牛の鳴き声と重なって、その出自を見事に反響させている。[虫の目⑬参照]

　さらにお姉さんは、大人になったアリスが「昔見た不思議の国の夢」（the dream of Wonderland of long ago）をはじめとする変わった（strange）お話を子供たちに物語って楽しませている光景を想像する。そして、アリスが自分の子ども時代と楽しかった夏の日々（the happy summer days）を思い出しながらも、子どもたちの無邪気な心を忘れないで一喜一憂するさまを。

> Lastly, she pictured to herself how this same little sister of hers would, in the after-time, be herself a grown woman; and how she would keep, through all her riper years, the simple and loving heart of her childhood; and how she would gather about her other little children, and make *their* eyes bright and eager with many a strange tale, perhaps even with the dream of Wonderland of long ago; and how she would feel with all their simple sorrows, and find a pleasure in all their simple joys, remembering her own child-life, and the happy summer days.
>
> THE END

エピローグ

『不思議』と『地下』

　『不思議』は『地下』を底本としている。総語数では『地下』12,821 語と『不思議』26,563 語となり、また主人公アリスの名前が、コンピュータ処理のキーワードでともに1位でその頻度数は 180/364 となり、『不思議』がほぼ倍増された物語であることを如実に示している。『不思議』では新たにVI章が丸ごと挿入され、VII章以降はほとんどまたは一部が新たに付け加えられたものとなっている。しかし、凝り性のキャロルを考えると、単に量的に倍増したという話では片づけられない。『地下』でアリスを楽しませた話の骨格そのものは変えずに、さらに肉づけしていったのではないかと考えられる。具体的には、V章まではコーカスレースなどの幾つかのエピソードを除いてほぼ『地下』を踏襲し、VI章とVII章のほとんどを新たに創出し、VII章以降では『地下』の出来事を敷衍する。この挿入された部分は、自在に身体を操れるキノコを手に入れてからであり、アリスはその場の状況に応じて対応できるようになっていく。つまり、思わず地下の国に落ちた「翻弄者」から、能動的な「冒険者」へと、従から主へとその立場を転換しているのである。さらに、『不思議』は緻密に構成を練り上げることで、ことば遊びと論理遊び、あるいは愚の愚、愚の理と理の愚といったテーマを重層的に繰り広げている。ここでは、キャロルが、どのように加筆して整合性を増したのかをとりあげてみたい。

不思議語とdown

　第1章の［鳥の目②］でみた不思議語（queer, odd, strange, curious）を『地下』でも同じように検索して、アリスに関連する不思議語の分布をまとめると、右図のようになる。『不思議』ではqueerとoddはII-V章、strangeはV章のみ、curiousはVI-XII章に集中している。転換点はV章で、久しぶりに元の身長に戻ったアリスがstrangeと感じてしまうところである。それ以降、『不思議』の後半にはcuriousが頻出し、『地下』の冒険物語を増幅させている。これは、『不思議』の新たなる魅力の証であろう。

　第4章の［鳥の目⑤］でみたように、『不思議』のdownは頻度が

99例、『地下』では66例である。しかしながら、場所を明示化した「地下の国へ／で」という有標的なdownの使用頻度は、ほぼ同数の20例となり、2つの物語でともに前半に偏って抽出される。最後の有標のdownは、『不思議』IV章で'I almost wish I hadn't gone down that rabbit-hole—and yet—and yet—it's rather curious you know, this sort of life!'と、『地下』II章と比べても句読点以外は同じである。地下の国に降りてこなければよかったとぼやきながらも、「でも結構変てこじゃない！」とアリスは価値転換をする。これ以降は無標のdownだけになり、後半ではアリスは地下の国にいることを取り立てて意識せず、冒険を楽しむこととなる。この2点からも、メリハリを利かせた『不思議』の構成がわかる。

地下		odd	queer	strange	curious	curiosity	odd	queer	strange	curious	curiosity		不思議
1	I					◎					◎	I	1
2					◎					◎			2
3		●					●						3
4			●					●				II	4
5			●					●					5
6			●					●					6
7	II		●					●				IV	7
8					◎					◎			8
9			●					●				V	9
10	III		●					●					10
11				○					○				11
										◎		VI	12
										◎			13
											◎		14
12	III				◎					◎		VII	15
13					◎					◎			16
14	IV				◎					◎		VIII	17
15					◎					◎			18
									◎				19
								◎				IX	20
								◎				X	21
										◎			22
								◎				XI	23
									◎				24
16	IV				◎					◎		XII	25

エピローグ *193*

物語のデザイン

　次に、『地下』と『不思議』の物語構成を比較してみよう。追加された部分に関して言えば、単なる字句の修正や追加のレベルだけではなく、エピソード単位で新たに組み込まれることもあり、それらが全体として新たな『不思議』の物語の魅力を増していることになる。その組み込まれ方は、段落や章が丸ごと追加されるばかりではなく、『地下』の文の途中でいきなり話が切り替わったり、時には何章にもわたるまったく新たな話の挿入がみられる。それがあまりにも自然に行われているのは、キャロルならではであろう。

　付け足した内容と、その入れ具合、そしてその物語の効果から、四つに分類して考えてみよう。まず、単発的な用語の手直しの「転換」、この単発的な転換をきっかけにさらに意味の変化を生じさせたり遊びなどが追加されたりする「展開」、局面の変化や重層化が引き起こされる「拡張」がある。さらに『不思議』でまったく新たな登場人物とそれをめぐるエピソードが繰り出される「創出」がある。（各項目の主なものは右頁の対比表を参照）

　「転換」の例として、『地下』Ⅰ章と『不思議』Ⅱ章で、アイデンティティを求めてアリスが自分の友達のうちの誰に変わったのかと悩む時に思い浮かべる名前をあげることができる。『地下』のGertrudeとFlorenceが、『不思議』ではAdaとMabelに手直しされている。ガードナーによると、内輪話では通じるアリス・リデルのいとこの名前が、公刊のために当たり障りのない名前に変換されている。また、『地下』のMarchioness（侯爵夫人）が『不思議』ではDuchess（公爵夫人）に置き換えられ、とくにⅥ章とⅨ章で新たなエピソードが紡ぎ出されている。『地下』ではハートのクイーンはニセ海亀族の侯爵夫人（Queen of Hearts and Marchioness of Mock Turtles.）だと白ウサギが説明するが、『不思議』では公爵夫人はクイーンの横面を張って服役し、まったく別人格として描かれている。ケーキが入った『地下』Ⅰ章の黒檀の箱（ebony box）は、『不思議』Ⅰ章では中身のよく見えるガラス箱（glass box）に置き換えられ、アリスの食欲をそそる仕掛けになっている。アリスの身体が変化するきっかけとなる白ウサ

『地下』	『不思議』		
章	エピソード	章題	章
	巻頭詩＊＊＊		
I	Antipathies＊	「ウサギ穴に落ちて」	I
	ブーツの宛名と添書＊ 縮み切る寸前＊＊ ネズミへの呼びかけ＊ We indeed!＊＊	「涙の池」	II
II	Found it advisable＊＊ コーカスレース＊＊＊	「コーカスレースと長い尾の上話」	III
	小石がケーキに＊＊＊	「ウサギがビルを遣わす」	IV
III	キノコの両端＊ 卵を食べるなら少女も大蛇＊	「イモ虫の忠告」	V
	チェシャ猫・料理人・赤ん坊＊＊＊	「豚とコショウ」	VI
	帽子屋・三月ウサギ・ヤマ寝＊＊＊	「おかしな茶会」	VII
IV	チェシャ猫の首切り＊＊＊	「クイーンのクローケー場」	VIII
	ニセ海亀の出自＊＊ 海の学校の話＊＊	「ニセ海亀のお話」	IX
	鱈＊＊＊	「イセ海老のカドリール」	X
	裁判・証人＊＊＊	「誰がタルトを盗んだか」	XI
	証人・証拠詩＊＊＊ お姉さんによるアリスの夢のまとめ＊＊＊	「アリスの証言」	XII

＊：展開、＊＊：拡張、＊＊＊：創出

ギの忘れ物は手袋以外に、『地下』では花束(nosegay)であるが、『不思議』では扇子(fan)になっている。『地下』IV章では、保護を求めてきた庭師をアリスはポケットに入れて(into her pocket)匿うが、『不思議』VIII章では大きな植木鉢(a large flowerpot)に変換され、大きさの辻褄合わせが行われている。またクローケーゲームの木槌は、『地下』のオーストリッチが『不思議』ではフラミンゴに変わる。

「展開」は、単なる言い換えではすまず、意味が変わってしまう場合である。I章でウサギ穴を落ちながら、Latitude(緯度)、Longitude(経度)という難解語を口にしたあと、アリスはAntipodes(対蹠地)のことをantipathies(対蹠心)と言ってしまう。

エピローグ 195

第2章の[虫の目①]でみたように、想定外に大きくなってしまったアリスが、自分の足が言うことを聞かなくなったら困るので、クリスマスにブーツを送ろうと考える。そして宛名と添え書きまで想像するが、そのイメージは『地下』I章(左)と『不思議』II章(右)で以下のように異なる。

```
ALICE'S RIGHT FOOT, ESQ.
       THE CARPET,
           with ALICE'S LOVE
```

Alice's Right Foot, Esq.
Hearthrug,
near the Fender,
(with Alice's love).

住所が単なるカーペットから炉辺カーペットに、子供が大好きな暖炉のそばへときめ細やかに展開されていく。

『地下』では花束で3インチまで縮むが、『不思議』では扇子であおいで危うく縮み切ってしまうところで、アリスは思わず'That *was* a narrow escape!'と口にする。

『地下』I章でネズミに出会ったアリスが、'oh Mouse'と語りかけるところは、『不思議』II章では 'O Mouse'と手直しされるが、それにとどまらず、ラテン語でネズミに呼びかけるための格変化活用（A mouse—of a mouse—to a mouse—a mouse—O mouse）へと話を捻って、遊びを入れ込み展開させていく。さらにフランス語で'Où est ma chatte?'と尋ねてネズミを怒らせたアリスは、'We wo'n't talk about her any more, if you would rather not.'ととりなしたつもりが、'We, indeed!'と逆切れされる。

『地下』III章と『不思議』V章では、イモ虫がアリスに同じ構文（ A will make you grow taller, and B will make you grow shorter.) を使って忠告する。ところが、ここでのA/Bは、『地下』ではThe top/ the stalk、『不思議』ではOne side/ the other sideとなる。どちらも、キノコのことだとはわかったものの、『不思議』の丸いキノコでは、どこが端になるのかわからず、アリスを面くらわす。とりあえず、両手を広げて2片をとってみたものの、どちらがAで大きくな

る方なのかわからず、こののち試行錯誤を繰り返す展開となる。

　単なる一捻りではなく、さらに局面の変化や重層化が加わっていく「拡張」の場合を見てみよう。『地下』II章のネズミの話の一節 'found it advisable to go with Edgar Atheling' は、『不思議』III章では、その代名詞itを巡ってエピソードが挿入されて話が新たな局面に入る。『不思議』では 'found it advisable—' を聞きつけて、その発話の途中にDuckが割り込んで 'Found what?' と聞きただし、自分ならその指示対象は、frogかwormであると言う。無味乾燥な英国史の話の中で、唯一意味のわかる表現 'found it' にくいついて、餌捕りの話に脱線させてしまう。一方、ネズミはそれがわからず、憤然と後方照応の形式目的語であるit はitだと繰り返すしかない。この場面では、『地下』のネズミの話の途中にごく自然な形で、茶々を入れるアヒルのエピソードが滑り込まされて拡張していく。
　『地下』IV章で登場するニセ海亀は、『不思議』ではクイーンによりその名前の由来を逆成 (It's the thing Mock Turtle Soup is made from.) と説明する。このニセ海亀は、自分の通っていた海の学校の話をするが、第9章でみたようにその科目名はダジャレの連続へと拡張されていく。

　『不思議』は『地下』の約2倍になっているので、『不思議』だけに現れる新たな「創出」がいくつかある。まず、あの夏の日の思い出を歌った巻頭詩とIII章のコーカスレースである。IV章では投げつけられた小石がケーキに変わり、それを食べて小さくなったアリスは白ウサギの家を脱出することができたのである。VI章でチェシャ猫、料理人や赤ん坊、VII章で帽子屋、三月ウサギ、ヤマ寝など、『不思議』を代表する登場人物が創作されている。それらは、特定のテーマのもとでまったく新たな物語を創出している。また、X章では、鱈をめぐる詩と話が新たに加わり、whitingを利用したことば遊びが繰り広げられる。
　初出でチェシャ猫は、公爵夫人の家でgrinしている。思わずアリスが「なぜこの猫はニヤニヤ笑っているのですか」と尋ねると、チェ

シャ猫だからと公爵夫人は答える。その後、チェシャ猫が話しながら突然姿を消したり現したりするので、アリスは目がくらみそうになり、たまりかねて急に現れたり消えたりしないでとお願いをすると、猫はゆっくりと順番に姿を消し始めた。シッポの端から消えていって、最後はニヤニヤ笑い、ネコつかぬニヤ (a grin without a cat) がしばらく残っていた。のちにクローケー場でアリスは、変てこな気配に気がつき、その気配のするほうをじっと見つめているうちに、やっとそれがチェシャ猫のニヤニヤ笑いだとわかった。今度は、そのニヤニヤ笑いに続いて、口、目、耳という順で、最後に首 (head) が現れた。それを見つけたキングがクイーンに訴えて、「首を切れ」との命令を引き出した。そしてVIII章では、首だけ現れているチェシャ猫の首切りを巡って、キング、首切り役人とクイーンの間で論争が始まり、その間に猫の頭はだんだんかすんでいって、すっかり姿を消してしまう。このチェシャ猫は 'to grin like a Cheshire cat' という成句から抜け出てきたもので、たとえの引き合いに出されたチェシャ猫が消えたって、ニヤニヤ笑いは残るという仕掛けとなっている。このように、まったく新たな凝ったエピソードが重奏して付け加えられていく。

　『地下』の裁判では、キングの「まずは証拠、それから判決」は、クイーンに逆だと遮られ、それに対してアリスが「ナンセンス」とすぐに反論して、あっけなく終わりになる。ところが、『不思議』ではキングが「評決を」と要求し、それに対し白ウサギがもっとすべきことがあると言って、証人喚問が始まる。その後、アリス自身も証人喚問され、証拠詩を巡る被告人尋問も行われる。評決を求めるキングに、クイーンが「まずは判決、それから評決」と遮り、これに対してアリスが「ばかばかしいナンセンス！」で応酬し、「たかがトランプのくせに」と言って、裁判を終わらせる。三言で終わった『地下』の裁判は、『不思議』では章をまたいで繰り広げられ、ミセ掛けの裁判のばかばかしいありさまが創出されている。

　最後は、夢から覚めたアリスの話を聞い

たお姉さんが、『不思議』では退屈な現実とのつきあわせをする。

アリスの伸び縮み

第12章[鳥の目⑭]でも述べたアリスの伸び縮みを『地下』と比較すると以下にまとめられる。

アリスの伸び縮み				
地下			不思議	
I	↘	10インチ	I	↘	10インチ
I	↗	9フィート以上	I-II	↗	9フィート以上
I	↘	約2フィート	II	↘	約2フィート
I	↘	3インチ	II	↘	「危ないところだったわ!」
II	↗	頭が天井につかえる	IV	↗	頭が天井につかえる
II	↘	3インチ	IV	↘	戸をくぐり抜けられる(3インチ)
			V	↘	顎が足につく
			V	↗	ろくろ首が森の上に突き出る
III	↗	いつもの背丈	V	↘	いつもの背丈
			V	↘	9インチ
			VI	↗	約2フィート
III	↘	約15インチ	VII	↘	約1フィート
			XI-XII	↗	元の背丈に戻る

　ほぼ対応した伸び縮みのようであるが、違いを順を追って見てみよう。『不思議』では、キノコを食べて身の丈を調節する、能動的なアリスの姿が見られる。

　『地下』I章ですんでのところで3インチとなったアリスは、『不思議』では危うく縮み切るところまで、どんどん小さくなっていくものの、明示的に数字は表されていない。きっかけは、白ウサギの手袋であったが、約2フィート以降は、『地下』の花束は『不思議』では扇子に転換されている。

　『地下』II章でアリスは再び3インチになって白ウサギの家を脱出するが、『不思議』IV章では明確な大きさは述べられていない。ただし、V章のイモ虫との会話でアリスが、3インチは惨めな高さだと自ら嘆き悲しむところから、推察できる。

　『不思議』V章では、イモ虫が不思議なキノコを食べれば伸び縮

みができると教えてくれた。食べる箇所は、『地下』ではキノコの傘と軸であるが、『不思議』では丸い傘の一方と他方と言う。もちろん『不思議』のアリスは、どっちがどうかわからないまま試行してみて、とんでもない伸び縮みをしてしまう。その後、アリスはキノコを食べ分けて、伸び縮みを意識的に調整している。

　『地下』III 章でアリスは、ハトとの卵談義の後、キノコを食べ分けて大きくなって一旦元の大きさに戻るが、『不思議』V 章では小さくなって元の大きさに戻り、その方向が異なる。前述の試行錯誤の結果、『不思議』では小さくなって元に戻るのである。

　『不思議』に新たに加えられた話では、V 章の終わりでアリスは公爵夫人の家に行こうと 9 インチに、VI 章の終わりで三月ウサギの家に行こうとして、キノコをかじって大きさを調整する。

　アリスは美しい庭に行くために木のドアを通るべく、『地下』III 章の終わりでは 15 インチ、『不思議』VII 章の終わりでは 1 フィートになって、大きさを調整する。

　『地下』では上述の 15 インチの後は、身の丈に関しては明確な記述はない。『不思議』では、追加された裁判の話の途中に身体がだんだん大きくなって行くのを感じ、元の大きさに戻っていく。『地下』に比べて、『不思議』では身の丈に合った辻褄あわせが行われている。

夢の終わりに

　夢から覚めたアリスの最初のことばは 'Oh, I've had such a curious dream!' と、どちらも夢落ちで物語は終わっている。その夢は、アリスとその話を聞いたお姉さんによって総括されている。まずアリスは『地下』で「地下の国の冒険（all her Adventures Under Ground）」と位置づけているが、『不思議』では strange という評価を含めて、all these strange Adventures of hers とお姉さんに語ったとする。さらに、どちらでも

アリスは夢をa wonderful dreamと総括したとする。

　次に、その話を聞いたお姉さんは、『不思議』ではwonderfulを追加してall her wonderful Adventuresと評価している。その後、お姉さんは、アリスの話を聞いて、思いをはせる。それが『地下』では夏の日の舟遊びの思い出であるのに対し、『不思議』ではアリスの夢の中のものを現実のものとつきあわせての夢解きとなる。『地下』の方の、物語のきっかけとなった過ぎし夏の日の思い出という私的な回想から、『不思議』では夢の評価という現実性と客観性をおびたものへと変化する。

　『地下』の幼いアリスの冒険（adventures of the little Alice）が『不思議』では不思議の国の夢（the dream of Wonderland）として、新たなる意義づけが行われている。なお、『不思議』では表題以外ではWonderlandはこれを含めてこの最後の総括で2回のみ使われている。ちなみに、『地下』ではWonderlandは一度も使われず、またwonderfulは2例（a wonderful dream, a wonderful tale）使われている。この後者のwonderfulが、『不思議』ではstrangeと言い換えられているのは、お姉さんがアリスの話を現実と照合をしたためであると考えられる。不思議語の基準となるstrangeは現実とは異なるという異化の意識であり、それが悪いと評価されればodd, queerとなる。また、良くなればcuriousとなり、積極的に同化されてwonderful、そしてWonderlandへとなっていく。このようにみてくると、即興の『地下』と比べ、『不思議』では公刊を意識して整合性をもった構成に仕上がっている。

　注目すべきは、『地下』ではAdventuresと大文字表記されていたのが、この最後になって小文字表記となっている点と、さらに、『不思議』ではそれがdreamと言い換えられている点である。現実との対比という観点があるからこそ、夢がうきぼりとなって、夢物語であると強く意識されたものとなる。それはwonderfulな夢であっても、現実とつきあわせれば所詮strangeなものであるという、夢と現実の狭間を意識したものである。

　『地下』と『不思議』の両方の物語が、『地下』のいわば夢の中の夢（in a dream within the dream as it were）としての、夢のフレー

ムを共有する。しかし『不思議』では、アリスの夢をお姉さんが再構築することで、独特の生き生きとした世界を生み出している。アリスのお話を聞いたお姉さんは、『地下』では舟遊びの記憶、『不思議』では農場の物憂げな現実を重ね合せる。物語の音は、現実の農場の音とつきあわされて、妹の夢の中に出てくるstrangeな生き物がまるで実在するかのように響き合う。かくして、『不思議』はアリス本人とお姉さんの夢の双方のフレームと共鳴してWonderlandをもった題名となっていく。この『地下』における舟遊びは、すべての物語の発端として、『不思議』の「黄金輝く昼下がり」(All in the golden afternoon) で始まる巻頭詩として昇華されている。そして巻頭詩の最後で、キャロルは「わらべの頃の夢を撚り／不思議の想い束ねゆけ」(Lay it where Childhood's dreams are twined/ In Memory's mystic band) と、この物語を思い出にとどめるようアリス・リドルに捧げるのである。

　このように『不思議』における夢は、そのオリジナルの『地下』における楽しい夏の日々の思い出とアリスへの未来への思いに加え、農場の退屈な現実との突き合わせをすることにより、現実と夢の狭間をより鮮明に描き出している。だからこそ、物語の締めくくりはどちらも the happy summer days となって、『不思議』ではより増幅された想いが響きあっている。

あとがき

　『アリスの英語―不思議の国のことば学』から早いもので四半世紀になろうとしています。その間にも、アリスを読むたびに小さな発見を重ねてきました。物語のメリハリのハリの部分だけでなく、メリの方に目を向けても仕掛けが沢山あり、単発ではなく重層化して渾然一体となったキャロルの遊び心が垣間見えてきました。なんといっても、以前はジャーゴンということで片づけてしまっていた公爵夫人の講釈には、秩序をこよなく愛するキャロルの手によって見事なまでの重層構造と仕掛けがあった、ということがわかったのです。訳のわからぬナンセンスが、訳のあったノンセンスとして姿を現したのでした。

　そんなわけで、前書とは異なって、少しはキャロルの仕掛けに慣れてきた、あるいは少しは成長した私たちの新たな挑戦として、本書をまとめました。以前はなんとか読み解きたい一心でしたが、今回はもっと楽しみたいという心の余裕が出てきました。また、私たちなりに、ことば遊びの意の置き換えにも挑戦してみました。ことば遊びの天才のこだわりになんとかたどり着けたとは言えませんが、読めば読むほどにキャロルの奇才の、チェシャ猫ならぬa curious appearanceは感じられるようになってきたように思います。

　本書は、英語側のことばと論理、そして日本語側からのプロセスまで目配りして、ことばのしくみや働きを多角的に重層的に、そして発見的に取り組む「ことば学」の試みです。ことば学では、知・情・意のみならず、ことばの溜め、さらにはことばの懐の深さや意味の不十分性を絞り込んでいくプロセスまで射程に入れています。ことばと心の双方向の観点から、そこに内含される自由自在なことばのやりとりと働き、および心の動きをとらえようとすることば学の視点は、生きたことばの深い味わいに迫ることができる有効なアプローチといえます。構造としての言語を研究する言語学に対し、行為としてのことばのありようと、それを可能にする原理としくみ、さらには言語使用者を含めた認知過程なども含めて研究するのが、ことば学です。つまりことば学では、実際に使われていることばのありさまや働きを多層的

に分析することにより、生きたことばの姿をとらえようとするものです。そして、燦然と輝く太陽の光がプリズムを通して虹色に分光されるように、ことば学というプリズムを通して、『不思議の国のアリス』のことばと論理の多彩な輝き（prisms）を捉えたいという願いを込めて、「不思議の国のプリズム」という副題をつけています。

　アイデアマンでもあったキャロルに迫るために、いくつか工夫もしてみました。まず、できるだけ網羅的に扱うために、問題となるような英文とその解説を分けていれました。さらに、新たな切り口として、虫の目、鳥の目、魚の目というコラムを入れました。これは、物語の本筋から少し脱線して、少しマニア的に、複眼で細かい語法や表現をじっとよく見たり、あるいは鳥瞰して大きな構図や仕掛けを見渡したり、はたまた時代の流れを経ても尽きせぬ魅力を見通そうとしたものです。

　このような私たちの身の丈を超えた目論見に興じて、岩谷美也子編集長をはじめとする大阪大学出版会の皆様、組版を担当してくださった小山茂樹氏はじめブックポケットの皆様は、創意工夫あふれる応援をしてくださいました。心からのお礼を申し上げます。まるで寄木細工のような構成の本書をどう読むのかは、読者の皆様にお任せしたいと思います。本書を読んで、アリスの原著に挑戦して自らの目でことばの虹色の輝きを確かめたいと思ってくだされば、こんなうれしいことはありません。

　最後に、アリスの世界への金の鍵を教えてくださった故毛利可信大阪大学名誉教授、アリスの出版への戸口に背中を押してくださった吉田一彦神戸大学名誉教授、アリスのお姉さんさながら夢物語につきあってくださった黒岩佳代子さんがいらっしゃらなければ、私たちの夢は実現しませんでした。そして、いつも夢見る私たちを励まし続けてくれた家族に感謝したいと思います。

　　　　　　　　　『不思議の国のアリス』
　　　　　　　　　上梓150年の2015年春
　　　　　　　　　　稲木昭子・沖田知子

使用テキスト

Carroll, Lewis. *Alice's Adventures in Wonderland* and *Through the Looking-Glass and what Alice found there*. Oxford: Oxford World's Classics. 2008.

―――. *Alice's Adventures Under Ground* (facsimile edition, with booklet: *The Original Alice*). London: Folio Society. 2008.

―――. *Alice's Adventures in Wonderland* (A facsimile of the first edition of 1866). London: Macmillan Children's Books. 1984.

Gardner, Martin (ed.). *The Annotated Alice* (revised edition). London: Penguin Books. 1970.

―――. *More Annotated Alice*. New York: Random House. 1990.

―――. *The Annotated Alice* (the definitive edition). New York: W. W. Norton & Company. 2000. / London: Penguin Books. 2001.

http://www.bl.uk/onlinegallery/Hp/alice/accessible/
（『地下の国のアリス』原本をダウンロードしたり、朗読を聴いたりできる大英博物館のサイト）

参考文献

和書

稲木昭子.「コンピュータ分析からみるアリス作品の量的パラレリズム」『英語文化学会論集』15, pp. 9-19. 2006.

稲木昭子・沖田知子.『アリスの英語―不思議の国のことば学―』研究社出版. 1991.

―――.『アリスの英語2―鏡の国のことば学―』研究社出版. 1994.

―――.「ルイス・キャロルの言語世界」定松正（編）.『ルイス・キャロル小事典』研究社出版. 1994.

―――.『コンピュータの向こうのアリスの国』英宝社. 2002.

―――.『謎解き「アリス物語」―不思議の国と鏡の国へ』PHP研究所. 2010.

石橋幸太郎他（編）.『現代英語学辞典』成美堂. 1973.

大塚高信・中島文雄（監修）.『新英語学辞典』研究社出版. 1982.

笠井勝子（監修）.『不思議の国の"アリス"―ルイス・キャロルとふたりのアリス』求龍堂. 1991.

ガッテニョ，ジャン（著）. 鈴木　晶（訳）.『ルイス・キャロル― AliceからZènonまで』法政大学出版局. 1988.

キャロル，ルイス（著）. 柳瀬尚紀（編訳）.『不思議の国の論理学』朝日出版社. 1977.

桑原茂夫.『アリスのティーパーティ』河出書房新社. 1986.

宗宮喜代子.『ルイス・キャロルの意味論』大修館書店. 2001.

高橋康也.『キャロル イン ワンダーランド』新書館. 1976.
_____.『ノンセンス大全』晶文社. 1977.
_____.『アリスの国の言葉たち』新書館. 1981.
高山　宏.『アリス狩り』青土社. 1981.
パドニー, ジョン(著). 石毛雅章(訳).『アリスのいる風景』東京図書. 1989.
ピッチャー, ジョージ(著). 栂　正行(訳).「ウイトゲンシュタイン、ノンセンス、ルイス・キャロル」『現代思想』1985年12月号.
別宮貞徳.『「不思議の国のアリス」を英語で読む』PHP研究所. 1985.
毛利可信.『意味論から見た英文法』大修館書店. 1972.
_____.『英語の背景を読む』大修館書店. 1987.
柳瀬尚紀.『英語遊び』講談社. 1982.
吉田一彦.『現代英語のセンス』研究社出版. 1991.

洋書

Augarde, T. *The Oxford Guide to Word Games.* Oxford: Oxford University Press. 1986.

Aarts, J., de Haan, P., and Oostdijk, N. *English Language Corpora: Design, Analysis and Exploitation.* Amsterdam: Editions Rodopi B. V.1993.

Bloom, H. (ed.). *Lewis Carroll.* New York: Chelsea House. 1987.

Cohen, M. N. *Lewis Carroll, A Biography.* London: Macmillan. 1995.

Ghadessy, M., Henry, A., and Roseberry, R. L. *Small Corpus Studies and ELT: Theory and Practice.* Amsterdam/Philadelphia: John Benjamins Publishing Company. 2001.

Higonnet, A. *Lewis Carroll.* London: Phaidon. 2008.

Hudson, D. *Lewis Carroll—An Illustrated Biography.* New York: New American Library. 1977.

Inaki, A. and Okita, T. "A Small-Corpus-Based Approach to Alice's Roles". *Literary and Linguistic Computing, 21* (3), pp. 283-294. 2006.

_____. "Distinctness Underlying Parallelism: a Cognitive Aspect of Alice's Moves and Worlds". *Faculty of Letters Review,* 42, Otemon Gakuin University, pp.73-87. 2007.

Jones, J. E. and Gladstone, J. F. *The Alice Companion.* London: Macmillan. 1998.

Louw, B. "Contextual Prosodic Theory: Bringing Semantic Prosodies to Life". In C. Heffer, H. Sauntson, and G. Fox (eds.). *Words in Context: A Tribute to John Sinclair on his Retirement,* pp.48-94. Birmingham: University of Birmingham. 2000.

McEnery, T. and Hardie, A. *Corpus Linguistics: Method, Theory and Practice.* Cambridge: Cambridge University Press. 2011.

Meyer C. F. *English Corpus Linguistics: An Introduction.* Cambridge: Cambridge

University Press. 2002.

Oxford Advanced Learner's Dictionary of English (7th ed.) (http://www.oup.com/elt/catalogue/teachersites/oald7/)

Quirk, R., Greenbaum, S., Leech, G., and Svartvik, J. *A Comprehensive Grammar of the English Language*. London / New York: Longman. 1985.

Rackin, D. *Alice's Adventures in Wonderland and Through the Looking-Glass—Nonsense, Sense, and Meaning*. New York: Twayne. 1991.

Reichertz. R. *The Making of the Alice Books—Lewis Carroll's Uses of Earlier Children's Literature*. Montreal & Kingston: McGill-Queen's University Press. 1997.

Scott, M. "Comparing Corpora and Identifying Key Words, Collocations, Frequency Distributions through the WordSmith Tools Suite of Computer Programs". In M. Ghadessy, A. Henry, and R. L. Roseberry (eds.). pp. 47-67. 2001.

———. "The Behaviour of Key Words (A Keynote Speech of Corpus Linguistics 2005)". The University of Birmingham. 2005.

———. *WordSmith Tools* (version 5.0). Oxford: Oxford University Press. 2011.

Stubbs, M. "Conrad in the Computer: Examples of Quantitative Stylistic Methods". *Language and Literature*, 14 (1), pp. 5-24. 2005.

Sutherland, R. D. *Language and Lewis Carroll*. The Hague: Mouton. 1970.

Williams, S. H., Madan, F., and Green, R. L. (eds.). *The Lewis Carroll Handbook*. Oxford: Oxford University Press. 1962.

著者プロフィール

稲木昭子
（追手門学院大学名誉教授）

沖田知子
（大阪大学名誉教授）

　兵庫県生まれ。大阪大学文学部卒業、同文学研究科修士課程修了、同文学部助手を経て、現在に至る。
　共著：『アリスの英語―不思議の国のことば学―』（研究社出版 1991）、『アリスの英語 2―鏡の国のことば学―』（研究社出版 1994）、『コンピュータの向こうのアリスの国』（英宝社 2002）、『謎解き「アリス物語」―不思議の国と鏡の国へ』（PHP 研究所 2010）、『アリスのことば学 2―鏡の国のプリズム』（大阪大学出版会 2017）など。

アリスのことば学
―不思議の国のプリズム―

2015 年 3 月 16 日　初版第 1 刷発行
2020 年 1 月 29 日　初版第 3 刷発行
著　者　稲木昭子　沖田知子
発行所　大阪大学出版会
代表者　三成賢次
　　　　〒565-0871 大阪府吹田市山田丘 2-7　大阪大学ウエストフロント
　　　　Tel 06-6877-1614　Fax 06-6877-1617
装丁　江竜陽子（TAU GRAPHIC）
組版　有限会社ブックポケット
印刷・製本　尼崎印刷株式会社
ⓒ INAKI Akiko and OKITA Tomoko 2015　Printed in Japan
ISBN 978-4-87259-499-7　C1080
JCOPY ＜出版者著作権管理機構 委託出版物＞
本書の無断複製は著作権法上での例外を除き禁じられています。複製される場合は、そのつど事前に、出版者著作権管理機構（電話 03-5244-5088、FAX 03-5244-5089、e-mail: info@jcopy.or.jp）の許諾を得てください。